로캐넌의 세계

・・・

Ursula Le Guin

로캐넌의 세계
Rocannon's world

어슐러 K. 르귄

이수현 옮김

황금가지

ROCANNON'S WORLD

by Ursula K. Le Guin

세계를 가로지르며 인간을 이해하기

헤인 시리즈의 정체

'시리즈'라는 말은 종종 전작을 읽어야만 후속작을 읽을 수 있을 것 같은 오해를 불러일으킨다. 어떤 시리즈는 동일한 주인공의 이야기를 다루지만, 어떤 시리즈는 같은 세계관만 공유할 뿐 주인공도 시대도 서로 다르기 때문이다. 어슐러 르귄의 어스시 시리즈가 전자에 속한다면 본서를 출발점으로 하는 헤인 시리즈는 후자에 속한다. (물론 어스시 시리즈도 통째로 헤인 시리즈에 속한다고 보는 시각도 있다. 그에 대한 논의는 일단 미뤄두자.) 르귄의 판타지 소설 중 대표작으로 꼽히는 어스시 시리즈 역시 제4권 이후로는 성격이 확장되고 있지만, 그래도 하나의 세계에서 순차적으로 벌어지는 일을 다루고 있다는 점에는 변함이 없다. 다시 말해 어스시 시리즈는 1권부터 2권, 3권의 순서로 읽어나가야 한다.

반면 르귄의 SF 대표작으로 꼽히는, 그리고 어떤 면에서는 어슐러 르

권이라는 작가의 작품 세계 전체를 관통하는 가장 큰 줄기인 헤인 시리즈에는 읽어야 할 순서 같은 것은 없다. 기껏해야 권장 사항으로 기왕이면 첫 세 권인 『로캐넌의 세계』, 『유배 행성』, 『환영의 도시』를 읽고 나머지를 그 다음에 읽는 것이 좋다는, 그리고 첫 세 권은 순서대로 읽어야한다는 정도의 지침뿐이다. 그래서 헤인 시리즈 중에서 중심을 차지하는 작품인 『어둠의 왼손』과 『빼앗긴 자들』이 한국에 우선적으로 번역 출간되었으며 발표 순서상으로 가장 앞서는 본서가 한발 늦게 나왔어도 앞에 거론한 두 작품을 이해하고 음미하는 데 무리가 없었던 것이다. 이 시리즈에 속하는 작품은 대개 이렇듯 각 이야기만의 독립성을 갖추고 있다.

그렇다면 굳이 『어둠의 왼손』이나 『로캐넌의 세계』, 『세상의 생일』과 『혁명 전날』을 하나의 시리즈로 규정해서 읽는 이유가 무엇일까? 거창하게 표현해서 하나의 시리즈로 헤인 소설을 읽는 즐거움은 '세계의 확장'에 있다고 본다. 같은 작가의 작품을 한 권 두 권 읽어나가다 보면 그작가에 대한 이해가 깊어지고 그에 따라 개별 작품 하나하나가 지니는 의미도 깊고 풍부해지게 마련이다. 나아가 헤인 시리즈는 작품 내적인 확장의 재미까지 있다. 이 시리즈에 속하는 이야기를 하나하나 읽다보면 헤인 우주라는 세계가 어떻게 변화하고 넓어져 가는가를 보고 그만큼 이해의 폭이 넓어진다. 『어둠의 왼손』이나 『빼앗긴 자들』만 읽고 헤인 우주가 다소 모호하다고 느꼈다면 『로캐넌의 세계』와 『유배 행성』을 읽으면서 훨씬 선명하게 그려볼 수 있을 것이며 그 반대의 경우도 마찬가지이다. 그리고 헤인 우주의 역사를 이해하면 할수록 작가가 실제 세상에서 무엇을 보았고 무엇을 보고자 했는지까지 생각하게 된다.

그런 맥락에서, 작가가 소설 속에서 '행성(planet)'이라는 표현보다

'세계(world)'라는 표현을 즐겨 쓴다는 점에 주목할 필요가 있다.

헤인 우주의 기본 설정은 단순하다. 우주에 헤인이라는 곳이 있다. 엄청나게 오래전부터 유지된 문명 세계이며, 테라(지구)를 비롯하여 은하계 곳곳에 흩어져 있는 인류 세계는 모두 헤인에 뿌리를 둔다. 수백만 년 전에 흩어진 채 고립되어 각기 다른 진화와 적응을 거쳤기에 유전자에 약간의 차이가 나타날 뿐이다. 그리고 어느 시점엔가 헤인은 다시금 예전의 식민지들을 찾아다니며 탐사를 벌이고, 그 과정에서 다른 문명과 이방인들끼리의 접촉이 이루어진다. 이것이 헤인 시리즈의 공통 배경이다. 그 위에서 각각의 소설은 언제나 거대한 흐름 속에 있는 한 '세계'를 배경으로 그곳에서 벌어지는 일들과 그 일을 겪는 사람들에 초점을 맞춘다.

헤인 시리즈에 나오는 '세계'는 흔히 당연하다고 생각하는 사소한 것들조차 전혀 다른 세상과 사람들이 존재한다는 사실을 일깨워주는 장치다. "이 세계에서는 세상(world)을 가리키는 말은 지구나 대지(earth)가 아니라 숲(forest)을 가리키는 단어와 같다(『세상을 가리키는 말은 숲』중에서)"라는 표현은 땅과 흙을 세상의 바탕으로 생각하지 않는 세계·생각이 존재할 수 있다는 깨달음으로 읽는 이를 흔든다. '약간의 차이가 있을 뿐 같은 조상을 둔 인류'라고 하면 대개는 사고방식이 비슷하고 판단과 가치가 비슷한 사람들의 집단을 떠올릴 것이다. 그러나 유전적인 차이가 거의 없는 지금의 인류가 과연 모두 같은 사고방식과 가치관을 지녔는지 생각해 보자. 아주 가까운 곳에 위치해 있고 서로 교류를 계속해 온 한국인과 일본인도 같은 문제를 두고 서로 다른 판단을 내리곤 한다. 개인적인 차이 정도를 넘어서, 한국과 일본의 문화(광의적인 의미로 사람들이 살아가는 방식 전체를 뜻하는 문화)는 각각 자기만의 논리와 가치관과 인지 체계를 지니고 있다. 그런 의미에서 우리가 하나의 세계라고 생각하는 지구촌 역시 사실은 수많은 '세계'들의 집합체라고도 말할 수 있다. 헤인 우주는 그런 의미에서 세상을 은유한다.

사실 최소한의 의사소통과 교류가 가능하다는 가정만 성립한다면 굳이 이 '세계'들이 행성이어야 할 이유는 없다. 차원이라고 해도 좋다. 섬이라고 해도 좋다. 행성보다 세계라는 표현을 선호하는 것과 마찬가지로 르귄이 우주선(starship)이라는 표현보다는 그냥 배(ship)라는 표현을 즐겨 쓴다는 점에서 더욱 그렇다. 혹은 그저 다른 문화라고도 볼 수 있다. 어슐러 르귄의 SF를 두고 과학소설(Science Fiction)이라기보다는 사변소설(Speculative Fiction)이라고 하는 것, 헤인 시리즈의 가장 큰 특징으로 '사고 실험'을 드는 것도 이런 이유와 무관하지 않다.

그런데 재미있는 것은 이 '세계'가 확실한 실체로 와닿는 순간에 역설적으로 우리는 그 안에서 싸우고 있는 한 사람을 보게 된다는 사실이다. 아니, 역설적이 아니라 당연한 귀결인지도 모르겠다. 헤인 우주에서 왜 지적인 생명체는 대부분 인간인가 하는 질문을 받은 르귄은 이렇게 설명한 바 있다. "사실상 내가 소설 속에서 만들어낸 세계에는 모두 인류가 살고 있다. 나는 그 점을 명확히 한다. 〔중략〕 어떤 면에서 소설은 독자들에게 소설 속의 인물들과 함께 느끼도록 만들어주는 일을 한다. 그러니까 소설을 읽는 동안에는 그 피부 속으로 들어가서 잠시 동안이나마 다른 사람이 되는 것이다. 그 사람이 인간 경험에서 너무 멀리 떨어져 있다면, 그런 일은 가능하지 않을 것이라 생각한다."(『텔링』 출간 즈음의 인터뷰에서)라고.

다른 사람이 되어보는 것, 다른 사람을 이해하는 것, 인간을 이해하는 것은 서로 다른 일이 아니다. 각기 다른 세계들의 집합체로 존재하는 헤인 우주라는 가상공간은 자유로운 실험을 가능케 해주며, 다른 세계는 거꾸로 지금의 우리를 생각하게 한다. 그리고 그 세계 속에서 울고 웃고 싸워나가는 한 사람 안에 들어가는 순간에 아이러니하게도 우리는 우리 자신을 보게 된다. 그 한계와 위대함을 모두.

"하지만 나로 인해 터부가 깨지거나 전쟁이 일어나는 것은 안 될 말이에요. 그럴 만한 이유는 없어요. 모지언, 지금 같은 시기에 한 사람의 운명은 중요하지 않아요."

모지언은 검은 얼굴을 들며 말했다.

"한 사람의 운명이 중요치 않다면, 무엇이 중요합니까?"

『로캐넌의 세계』 중에서

헤인의 역사

앞서 말했듯이 헤인 우주의 역사와 얼개는 처음부터 완성된 형태로 존재했던 것이 아니다. 게다가 공간적인 고립과 시간의 흐름, 보는 각도에 따라 왜곡될 수밖에 없는 현실의 역사를 반영하듯 소설 안에서 이야기되는 역사는 모호하거나 때로는 모순되기까지 한다. 소설의 주인공들이 자신들의 우주가 거친 역사를 낱낱이 알 수 없는 것은 당연하지만 이경우에는 독자들, 어쩌면 작가 본인까지도 역사의 한 버전만을 알 수 있는 것인지도 모르겠다. 그리고 이 역사는 지금도 현재 진행형이다.

그에 비해 헤인 우주 밖의 역사를 정리하는 것은 비교적 쉽다. 헤인 시리즈에 속하는 장편은 총 여덟 권인데, 이를 셋으로 다시 구분할 수 있다. 이번 출간작을 중심으로 간단하게 정리해보겠다.

1기에 속하는 세 작품이 바로 『로캐넌의 세계』와 『유배 행성』, 『환영의 도시』다. 1966년과 67년에 걸쳐 연달아 발표되었으며 사실상 3부작이라고 할 수 있는 이 세 장편은 수천 년의 시간을 따라가며 헤인 우주의 전체적인 역사 틀을 보여준다. 이 세 작품이 처음 묶여 나왔을 때는 제목이 "세 권의 헤인 소설"이었다.

1966년에 발표한 처녀 장편 『로캐넌의 세계』는 원래 단편으로 썼던 「셈레이의 목걸이」(이 작품은 단편집 『바람의 열두 방향』에도 수록되어 있다)에 후속편을 덧붙여서 만들어졌다. 「셈레이의 목걸이」는 광속 우주선의 시간 지연 효과와 환상적인 전설의 시대를 결합시킨 우아하고 아름다운 작품이었으며, 이때까지는 아직 헤인 우주의 전체적인 윤곽이 잡히지 않은 상태였다. 헤인을 중심으로 하는 '연맹'의 설정은 외부 관찰자가 셈레이의 운명을 지켜보게 하는 장치 정도로만 기능했다. 그러나 그 관찰자 로캐넌이 셈레이의 고향 세계에 찾아가고 그곳에서 예상치 않았던 모험(혹은 순례 여행이라는 표현이 더 어울릴지도 모르겠다)을 겪는 내용을 보면 헤인 우주의 틀이 엮어지기 시작했음을 알 수 있다.

첫 장편인 만큼 단순하고 진행이 빠른 맛이 있으며 어느 면에서 보나 '어슐러 르귄 표'이긴 하지만 이후 이 작가가 강한 어조로 세상에 이야기하게 된 모든 것들이 아직은 모호한 형태로만 드러난다. 이 작품은 따로 떨어져 있던 세계가 강대한 문명과 조우한 뒤에 어떻게 변화하는가를 보여주며, 한 걸음 더 나아가 그 강대한 세계──이 경우에는 행성 연맹──의 실수와 몰락에 대해서도 이야기한다. 이쯤에서부터 작가는 별 생각 없이 설정했던 '연맹'의 한계를 깨닫고 그것을 부수는 작업에 착수한다는 점도 의미심장하다.

로캐넌은 아직 후기 작품에 강하게 드러나는 사고 실험의 성격이 없는 대신 은유와 환상성이 강한 세계다. 자부심 강한 전사들과 그에 못지않게 자부심 강한 하인들로 이루어진 '리우아르'라는 종족은 북유럽 신화와 톨킨의 세계를 연상시키며, 빛과 어둠으로 갈라진 쌍둥이 종족 피아──그데미아르는 어느 모로 보나 『타임머신』의 영향을 보여준다. '오래된 이들'과 다른 두 종족, 네 개의 달과 하늘을 나는 거대한 고양이처럼 생긴 바람말이 신화를 후광으로 두른 것은 확연하다.

『로캐넌의 세계』와 같은 해에 출간된 짧은 장편 『유배 행성』은 완전히 다른 문화에 속하는 두 종족이 함께 위기를 맞이하고 융합해 가는 과정을 그린 소설로, 사랑 이야기가 소설의 중심에 놓여 있으며 묘사는 깊고 강렬하다. 무대는 엘타닌 혹은 감마 드라니코스 Ⅲ, 먼 훗날 '웨렐'이라는 이름을 깆게 되는 행성으로 공진주기가 길이 1일기(月記)기 지구의 1년에 해당하고 1지역 년은 지구의 60년에 해당한다. 겨울을 두 번 보는 사람이 별로 없는 척박한 세계다. '모든 세계의 연맹' 력으로 1405년 202일이라는 언급이 나오기는 하나 이 연도에는 큰 의미가 없고 『로캐넌의 세계』로부터 상당한 시간이 흐른 뒤, '적'의 출현으로 연맹이 붕괴한 이후라는 정도만 추측할 수 있다.

이 지역 힐프(지성 종족)들은 봄부터 가을까지는 긴 궤도를 그리며 유목 생활을 하고, 겨울이 가까워오면 '도시'를 짓고 식량을 저장하여 그 속에서 겨울을 나는 반 정주민이다. 한편 야만인으로 불리는 가알 족은 겨울이 오면 남쪽으로 이동하면서 약탈을 벌인다. '적'의 출현과 연맹의 붕괴로 이곳에 고립되어버린 테라 식민지 랜딘의 주민들은 오랜 세월 쇠락해가면서도 원주민들의 생활에 간섭해서는 안 된다는 원칙을 고수해왔으나, 이 해 가알의 남하가 평소와 다르다는 사실을 감지하고 살아

남기 위해 테바 부족과의 동맹을 꾀한다. 그렇지 않아도 아슬아슬하던 동맹관계는 족장의 딸과 식민지 지도자가 사랑에 빠지면서 무너져 버린다.

환경이 다른 세계, 문화적 차이가 부딪히는 지점을 설정하고 있다는 점에서 『로캐넌의 세계』보다는 좀 더 이후의 작품들에 가까워 보인다. 테바 사람들의 모습에서는 아메리카 원주민의 느낌이 묻어나며 가알과 테바, 랜딘의 충돌에서는 정주생활과 유목생활이라는 대립항을 읽을 수 있다.

이듬해인 1967년에 발표된 『환영의 도시』는 3부작의 마무리로서 『유배 행성』 이후 다시 천여 년이 지난 시기를 다룬다. 테바와 랜딘의 융합으로 탄생한 웨렐의 고도 문명은 연맹이 아직 존재하는지 확인하기 위해 테라(지구)로 우주선을 보낸다. 그리고 탐사를 떠난 주인공이 그곳에서 맞닥뜨린 것은 우주 여행기가 전설의 시대가 되고 폐허 속에 옛 문명의 잔재들만이 흩어져 있는 세계다. 이곳에서 주인공이 마주치게 되는 적(앞 뒤 어느 소설에서나 모호한 그림자로만 나타나는)의 실체는 사실 인류와 연맹의 거울상을 보여주는 듯하며, 잃어버린 자아를 찾기 위한 그의 여행은 흡사 스스로의 정신세계를 여행하는 것 같은 원형성을 띠고 있다.

자아 찾기의 성격이 강하다는 점과 더불어 『환영의 도시』에 드러나는 또 한 가지 특징은 도가 사상의 영향이다. 아마도 도가 사상은 인류학과 더불어 어슐러 르귄의 작품 세계에 가장 큰 그림자를 드리우고 있을 것이다. 그 중에서도 특히 도덕경의 내용은 『어스시의 마법사』에도 반영된 바 있고 르귄은 1997년에 노자의 도덕경을 영어로 번역 출간하기도 했다. 『환영의 도시』에는 르귄 자신의 해석이 가미된 도덕경의 직접 인용이 자주 보인다. 다른 작품에서도 도가 사상의 영향은 꾸준히 찾을 수 있지만 이때는 도가 사상이 아직 작가에게 완전히 녹아들지 않은 듯, 그 영향력의 결과가 좀 더 직접적이고 선명하다.

위에 말한 초기 3부작은 느슨하기는 하지만 서로 명백한 연관성을 보여준다. 『유배 행성』에서는 로캐넌에 대한 언급을, 『환영의 도시』에서는 유배 행성에 대한 언급을 찾을 수 있다. 또한 이 세 작품은 텔레파시 기술이 대단히 중요한 역할을 한다는 점에서도 공통점을 지닌다. 한편 『로캐넌의 세계』가 유배와 고립에 대한 이야기였고 『유배 행성』이 적응와 융합에 대한 이야기였다면 『환영의 도시』는 양쪽 모두에 대한 이야기로, 세 작품이 일종의 변증법을 구성한다고도 볼 수 있다.

헤인 시리즈 2기에 속하는 작품 역시 세 편이다. 1969년에 발표된 『어둠의 왼손』과 1974년에 발표된 『빼앗긴 자들』은 둘 다 휴고상과 네뷸러상을 동시 수상했다. 작품 내의 시기는 정반대 지점에 위치한다. 『어둠의 왼손』은 『환영의 도시』에서 드디어 테라와 다른 세계들이 해방될 수 있는 희망이 나타난 이후, 다시금 헤인을 중심으로 만들어진 새로운 형태의 연맹체계인 에큐멘이 탐사에 나선 이후를 배경으로 한다. 이 작품은 성별 구분이 없는 세계를 설정했다는 점에서 페미니즘적이라고 알려져 있기도 하다.

한편 『빼앗긴 자들』은 『로캐넌의 세계』보다 훨씬 거슬러 올라간 시기를 무대로 한다. 아직 동시통신기 앤서블이 발명되지 않아 연맹조차 형성되지 않은 시대다. 테라(지구)가 어떻게 헤인과 조우하게 되었는가에 대한 언급도 이 책에서 처음으로 나오며, 앤서블의 기본 원리도 이 책에서 만들어진다. 작품이 나온 시대를 반영하듯 미국과 소련, 베트남에 대한 노골적인 은유와 더불어 진정한 혁명은 가능한가 같은 사회적인 질문을 던진 이 작품의 결말은 묘하게도 개인적인 성찰을 이야기한 『환영의 도시』의 결말과 겹쳐지는 면이 있다.

『빼앗긴 자들』보다 앞서 1972년에 중편으로 발표했다가 1976년 장편으로 다시 나온 『세상을 가리키는 말은 숲』은 『빼앗긴 자들』과 『로캐넌의 세계』 사이, 앤서블이 발명되어 막 연맹이 형성되는 시기를 배경으로한다. 제목에서 짐작할 수 있겠지만 이 작품은 어떤 면에서 환경−생태주의적인 접근을 보여주며, 동시에 제국주의와 자본주의와 정복과 폭력에 맞서는 토착세력에 대한 이야기이기도 하다. 은유는 노골적인 만큼 투박한 면이 있고 한계도 엿보이지만 이야기를 끌고 가는 힘이나 책을 덮는 순간의 감동은 여전하다. 역시 네뷸러 상을 수상했다. 『빼앗긴 자들』과 더불어 이 작품은 일종의 대안 찾기로도 읽을 수 있다.

3기에 속하는 작품으로는 1994년에서 1995년에 걸쳐 쓴 『용서로 가는 네 가지 길』과 2000년에 발표되어 엔데버 상을 수상한 『텔링』이 있다. 앞으로 또 새로운 헤인 시리즈가 나온다면 역시 3기로 분류해야 할 것이다. 『용서』와 『텔링』은 다시 에큐멘 시대를 배경으로 하며, 『어둠의 왼손』에 나타난 것보다 한층 보완된 체제를 보여준다. 어슐러 르귄은 이때부터 전체 작품군을 통틀어 헤인 시리즈가 아니라 에큐멘 시리즈라고 부르고 있기도 하다. 그외 단편들에 대해서는 기회가 있으면 다시 이야기하겠다.

어슐러 르귄

헤인 시리즈의 작가 어슐러 크로버 르귄은 1929년 10월 21일, 버클리에서 태어나 어린 시절을 그곳에서 보냈다. 어머니는 작가 디어도라 크로버, 아버지는 저명한 인류학자 알프레드 크로버였다. 인류학을 공부하지 않은 사람에게는 크로버라는 이름이 별 의미가 없겠지만, 이 믿을 수 없을 정도로 해박한 지식과 왕성한 연구 활동을 자랑한 대학자가 딸에게 끼친 영향은 컸다. 사람들이 흔히 갖는 편견에 대해 새로운 시각으로 조명하고자 하는 시도, 문화적인 세부 요소들을 관찰하고 그리는 날카로운 눈, 가상의 세계를 설정함에 있어 놀라울 정도의 치밀함과 내적 논리를 부여하고 그럼으로써 읽는 사람들이 '그 입장에 서서' 그들을 이해하게 만드는 능력 면에서 그 영향은 확연하다.

그러나 그것이 아버지만의 몫은 아닐 것이다. 어슐러 르귄의 어머니 디어도라 크로버의 작품 중에서 가장 유명하며 폭넓은 사랑을 받고 있는 *Ishi, The Last of his Tribe*(국내에서도 1980년대 초 『북미 최후의 석기인 이쉬』라는 제목으로 출간된 바 있다)는 야히족의 마지막 일원으로 백인들에게 발견되어 인류학 박물관에서 여생을 보낸 이쉬라는 실존인물의 생애를 재구성한 책이다. 사실상 크로버 일가의 공동작품이기도 한 이 이쉬의 이야기는 편견, 몰이해, 자민족중심주의, 그로 인해 쉽사리 저질러지는 정신적인 폭력에 대한 이야기이며 또한 홀로 다른 문화(곧 다른 세계)에 유배된 사람의 이야기다. 왠지 익숙한 느낌이 들지 않는가? 그렇다. 어슐러 르귄의 소설 속에서 일관되게 드러나는 주제들 대부분이 이쉬의 이야기에 이미 들어있다.

한 작가의 바탕이 모두 부모의 업적에 기인한다고는 할 수 없지만, 이런 부모의 영향이 컸음은 분명하다. 책 속에서만이 아니라 책 밖에서도 그랬다. 어슐러 르귄의 입을 빌자면 그들은 작가가 되겠다는 딸의 결정을 지지하되, 오직 "재능이 있다면, 그 재능을 살리기 위해 열심히 노력해야 한다"는 믿음 속에서 지지했다고 한다. 어슐러 르귄이 대학 전공으로 프랑스와 이탈리아의 문학을 선택한 데에도 아버지의 충고가 큰 몫을 했다. 알프레드 크로버의 충고는 간단했다. 작가로 먹고 살기는 힘들다. 그러니 생계에 도움이 될 만한 기술을 배워라. 그래서 어슐러 르귄은 1951년 래드클리프 칼리지를, 1952년 콜럼비아 대학 석사 과정을 졸업했고 그에 따라 프랑스어와 문학 관련의 강의를 할 수 있었다. 직업을 확보하는 동시에 작가로서의 수련에도 도움이 될 만한 선택이었던 셈이다.

그는 석사과정을 끝낸 이듬해인 1953년 풀브라이트에서 만난 프랑스의 역사학자 찰스 르귄과 결혼, 세 아이의 어머니이자 세 아이의 할머니가 된 지금까지 동반자로 살아왔다. 남편인 찰스 르귄에 대해서는 자세히 알려져 있지 않지만, 그가 부인의 집필 활동에 대해 전혀 문제를 제기하지 않았고 그것이 큰 힘이 된 것만은 분명하다. 어슐러 르귄은 1962년 시간여행을 다룬 로맨틱한 단편소설 『파리의 4월』을 발표하면서 작품 활동을 시작, 문학성을 갖추고 전보다 광범위한 주제를 다루며 여성의 참여가 늘어난 1970년대 SF의 대표 작가로 자리매김했다. 데뷔 이후 40여 년 동안 소설은 물론이고 시, 평론, 수필, 동화, 각본, 번역, 편집과 강연에 이르는 다양하고 정력적인 활동을 보여주며 독자들과 평단의 사랑을 받았고 지금도 최신예 작가들과 나란히 작품을 발표하며 작품으로 승부하고 있다.

유감이지만 어슐러 르귄은 e-mail을 받지 않는다. 팬레터를 쓰고 싶다면 작가의 공식 홈페이지(http://www.ursulakleguin.com/)에서 주소를 찾을 수 있을 것이다. 이 책의 번역 텍스트로는 Tor에서 1998년에 낸 헤인 시리즈 첫 세 권의 합본인 *Worlds of Exile and Illusion*을 이용했다.

헤인 시리즈 작품목록

단편을 제외하고 좁은 의미의 헤인 시리즈는 현재까지 여덟 권이 출간되었다. 이외에 헤론의 눈(*The Eye of the Heron*)을 헤인 시리즈로 보는 경우도 있고 그렇지 않은 경우도 있다. 발표 순서대로 보자면 다음과 같다.

- *Rocaccon's World* 로캐넌의 세계(1966)
- *Planet of Exile* 유배 행성(1966)
- *City of Illusions* 환영의 도시(1967)
- *The Left hand of Darkness* 어둠의 왼손(1969)
- *The Dispossessed* 빼앗긴 자들(1974)
- *The Word for World is Forest* 세상을 가리키는 말은 숲(1972, 1974, 1976)
- *Four Ways to Forgivness* 용서로 가는 네 가지 길(1994, 1995): 네 편의 중편으로 구성
- *The Telling* 텔링(2000)

각각은 헤인 시리즈 안에서 일어난 사건 순서에 따라 아래와 같이 다시 배열할 수 있다.

- 지구에 헤인 인들이 찾아옴
- 초기 탐험 시대
- 동시 통신기 앤서블의 기본 이론 발견(『빼앗긴 자들』)

· 앤서블이 만들어지고 연맹이 형성됨(『세상을 가리키는 말은 숲』)
· 연맹 내에 반란이 일어남(『로캐넌의 세계』)
· 은하계 전체의 적이 침략해 옴. 혼란기(『유배 행성』)
· 적의 정체가 밝혀지고 웨렐을 중심으로 적의 지배에서 벗어날 수
있게 됨(『환영의 도시)
· 헤인을 중심으로 에큐멘이 만들어져 다시 탐험, 행성들 사이에 새
로운 교류가 이루어진 이후(『어둠의 왼손』,『텔링』,『용서로 향하는
네 가지 길』)

차례

프롤로그 목걸이

이토록 멀리 떨어진 세계들 사이에서 어떻게 사실과 전실을 구분할 수 있을까? 그 주민들이 그저 "세계"라고만 부르는, 이름도 없는 행성들, 과거는 신화의 영역으로 들어가고, 되돌아온 탐험가는 몇 년 전 자신이 행한 일이 신의 몸짓으로 화한 것을 알게 되는, 역사가 없는 행성들에서. 우리의 광속선이 다리를 놓는 시간의 간극은 혼란 속에 묻히고, 그 어둠 속에서 불안과 불균형이 잡초처럼 우거진다.

　그리 멀지 않은 과거에 그런 이름 없는 반미지의 세계에 갔던 한 남자, 어느 평범한 연맹 과학자의 이야기를 꺼내려니 수천 년의 폐허 속에 선 고고학자가 된 것 같다. 숨 막히게 얽히고설킨 잎사귀와 꽃, 나뭇가지와 넝쿨들을 뚫고 갑자기 드러나는 수레바퀴의 형상이라든가 마모된 주춧돌을 찾다가, 이제 어느 평범하고 양지바른 현관에 들어서서 그 속에서 암흑을, 있을 수 없는 불꽃의 번득임을, 보석의 광채를, 보일락 말락 한 여인의 손짓을 찾아내는…….

어떻게 전설에서 사실을, 진실에서 진실을 구분해 낼 수 있을까?

로캐넌의 이야기를 통해 잠깐 비쳤던 푸른 광채가, 보석이 돌아온다. 그 빛과 함께 시작해 보자. 여기에서.

은하계 8구역, 62번: **포말하우트 II.**

고도의 지적 생명체: 접촉한 종족들

종족 I.

A) 그데미아르 Gdemiar*(단수형은 그뎀 Gdem)

고도로 지적이며 완전한 인간형의 야행성 혈거인(穴居人), 신장 120~135cm, 밝은 색 피부, 검은 체모. 접촉 당시 이 혈거인들은 부분적인 군체 텔레파시에 의해 완화되는 엄격한 계층의 과두제 도시 사회와 기술 지향의 초기 철기 문화를 이루고 있었다. 252~254년 연맹 사절단 파견 중에 기술 수준을 산업 발달 C 지점까지 높임. 254년 키리엔 해(海) 공동체의 과두 정부에 자동 추진선(뉴 사우스조지아 왕복)을 기증. 등급 C―최우선.

B) 피아 Fiia(단수형은 피안 Fian)

고도로 지적이며 완전한 인간형, 대체로 주행성. 신장 130cm, 관찰된 개인은 대개 피부와 체모가 밝은 색이었다. 단시간의 접촉으로 촌락을 이

---

* 그뎀/그데미아르, 피안/피아, 리우/리우아르와 같은 예외를 빼면 이 세계의 언어에서 복수형은 대개 단수형에 r를 붙여 이루어진다. 즉 안기야르의 단수형은 안기야(Angya)이다. 이때 r는 영어의 s와 같다. 다소 혼동이 있더라도 여기에서는 원작자의 의도를 살려 '안기야들', '피안들'이라고 옮기지 않고 '안기야르', '피아'로 옮긴다.

룬 유목 자치 사회, 부분적인 군체 텔레파시, 또한 근거리 TK(염동력)의 징표가 나타났다. 이 종족은 최소 수준의 유동적 문화형을 지녔고, 기술과는 거리가 멀며, 파악하기가 어렵다. 등급 E―불확실.

종족 II.
리우아르 Liuar(단수형은 리우 Liu)
고도로 지적이며 완전한 인간형, 대체로 주행성. 신장 170cm 이상. 이 종족은 요새/촌락, 씨족 상속 사회, 정체된 기술(청동기), 그리고 봉건 영웅 문화를 소유하고 있다. 사회가 수평적인 두 개의 아종(亞種)으로 나뉘어 있음에 주목. a) 올기요르 Olgyior, "평민", 밝은 피부색에 검은 체모. b) 안기야르 Angyar, "군주", 키가 매우 크며, 검은 피부에 황색 체모―

"여기 있군요."

로캐넌은 『지적 생명체에 대한 휴대용 요약 안내서』에서 눈을 들고 긴 박물관 홀을 반쯤 내려간 지점에 서 있는 여인을 보았다. 검은 피부에 노란 머리카락, 훌쩍 큰 키의 그녀는 빛나는 머리카락을 왕관처럼 인 채 똑바로 서서 말없이 전시 케이스를 응시하고 있었다. 그녀 주위에 선 네 명의 추한 난쟁이들은 안절부절못하는 모습이었다.

박물관 큐레이터인 케토가 말했다.

"포말하우트 II 성에 저 땅굴족 말고 저런 사람들도 있는 줄은 몰랐군."

"나도 몰랐어요. 여기엔 한 번도 접촉하지 못한 '미확인' 종족들도 기록되어 있군요. 아무래도 더 자세히 조사해 봐야겠는데요. 자, 어쨌든 이제 종족은 알았습니다."

"어떤 사람인지도 알 방법이 있었으면 좋겠는데……."

　그녀는 유서 깊은 가문, 안기야르 초대 왕들의 후예였고 가난하긴 했지만 머리카락만큼은 조상에게 물려받은 순수하고 변치 않는 금빛으로 반짝였다. 그녀가 맨발로 들판을 뛰어다니는 아이였을 때조차 난쟁이 피아는 밝게 타오르는 혜성 같은 머리채로 굽이치는 키리엔의 바람 속을 달려가는 그녀에게 허리를 굽혔다.

　할란의 두르할이 그녀를 만나고, 그녀에게 구애하고, 그녀가 어린 시절을 보낸 무너진 탑과 바람 부는 홀에서 데리고 나와 자신의 고성으로 데려갔을 때에도 그녀는 아직 한참 어렸다. 산중턱에 선 할란에도 장려함은 있을지언정 안락함은 없었다. 창에는 유리가 없고, 돌 바닥에는 양탄자도 깔려 있지 않았다. 한년(寒年)의 아침이면 밤사이 내린 눈이 안으로 날려 들어와 창문 밑마다 길고 낮은 둔덕을 이루며 쌓인 것을 볼 수 있었다. 두르할의 신부는 눈 쌓인 바닥에 맨발로 서서, 방에 걸린 은 거울을 통해 젊은 남편에게 웃음 지으며 불길 같은 머리카락을 땋아 올렸다. 재산이라곤 그 거울과 두르할의 어머니에게 물려받은, 천 개의 자잘한 수정으로 수놓은 혼례복이 다였다. 할란에도 역시 그들보다 격이 떨어지는 친척 중에 능라 옷이며 금박을 입힌 가구, 은제 마구, 갑옷과 은으로 장식한 검, 보석과 장신구 등속을 지닌 이가 있었다. 두르할의 신부는 이런 것들에 부러운 눈빛을 보내며, 장신구를 걸친 이가 그녀의 타고난 신분과 혼인 위계에 경의를 표하면서 옆으로 비켜서서 그녀가 지나가기를 기다릴 때조차 보석을 박은 머리 장식이나 금 브로치를 돌아보곤 했다.

　두르할과 그의 신부 셈레이는 할란의 축연에서 네 번째 상석에 앉았다. 가까이 앉은 할란의 영주는 종종 셈레이에게 직접 포도주를 따라주었고, 조카이자 후계자인 두르할과는 사냥 이야기를 나누었다. 노인은 우울하고 무력한 사랑의 눈길로 젊은 한 쌍을 바라보았다. 불기둥을 뿜으며 날아오르는 집에 사는 별의 군주, 스타로드들이 산도 무너뜨릴 수 있는 무기를 갖고 나타난 이래 할란과 다른 모든 서부 지역 안기야르에게선 희망을 찾아보기가 어려웠다. 스타로드는 오래된 관습과 전쟁에 간여했다. 금액은 적다 해도 세금을 낸다는 것, 그것도 시간이 끝나는 곳에서, 별들 사이의 텅 빈 공간 어딘가에서 어느 기묘한 적들과 벌이는 저네들의 전쟁을 위해 공물을 바친다는 것은 안기야르에게 끔찍한 수모였다. "당신들의 전쟁이기도 할 거요." 그들은 그렇게 말했으나 안기야르는 한 세대가 지나도록 무익한 치욕 속에서 축연장에 앉아, 쌍검은 녹슬고, 아들들은 전투에서 한 방 먹여보지도 못한 채 자라며, 딸들은 귀족 남편을 데려오는 데 혼수로 쓸 훌륭한 전리품이 없어 가난한 남자들과, 심지어는 평민들과 혼인하는 모습을 지켜보았다. 할란의 영주는 어두운 얼굴로 금발의 한 쌍을 보며, 그들이 떫은 포도주를 마시면서 웃는 소리와 한때는 찬란했으나 지금은 춥고 황폐해진 그들 종족의 요새 안에서 서로에게 농담을 던지는 소리를 들었다.

홀을 굽어보다가 한참 아래 자리에서, 심지어는 혼혈과 평민들 사이에서조차 흰 피부와 검은 머리칼을 배경으로 빛나는 보석의 광채가 보이면 셈레이는 얼굴이 굳어졌다. 그녀는 남편에게 혼수로 가져온 게 아무것도 없었다. 은제 머리핀 하나 없었다. 천 개의 수정을 단 혼례복은 딸의 혼인을 위해 궤 안에 넣어두었다. 딸이 태어난다면 말이지만.

태어난 아이는 딸이었다. 사람들은 그녀를 할드레라고 불렀으며, 작은 갈색 머리통에 난 솜털은 길어지면서 변치 않는 금빛으로 반짝였다.

군주다운 유산, 그녀가 소유한 유일무이한 금.

셈레이는 남편에게 불만을 털어놓지 않았다. 아무리 그녀에게 상냥하다 해도 엄격하고 귀족적인 자긍심을 지닌 두르할은 질투라든가 헛된 소망 따위를 경멸했고, 그녀는 그의 경멸이 두려웠다. 그러나 그런 그녀도 두르할의 누이 두로사에게는 이야기를 꺼냈다.

"우리 집안도 한때는 대단한 보물을 가졌더랬지요. 순금 목걸이로 가운데에는 푸른 보석이 박힌……. 그걸 사파이어라고 하나요?"

두로사 역시 이름을 확실히 몰라 웃으며 고개만 끄덕일 뿐이었다. 온년(溫年) 느지막이, 이들 북부 안기야르가 각 분점(分點)마다 새로 시작하는 800일의 한 해 중에서 여름이라고 부르는 계절이었다. 셈레이가 보기에는 기이한 달력이요, 평민에게나 어울리는 계산 방식이었다. 그녀의 가문은 몰락했으나, 올기요르와 너무 허물없이 섞여버린 이들 북서쪽 습지인들 중 어느 혈족보다도 유서 깊고 순수했다. 그녀는 두로사와 함께 두로사가 거하는 '큰탑' 높이, 햇빛이 들어오는 창가 돌 의자에 앉아 있었다. 두로사는 아이도 없이 젊은 나이에 남편을 여의고서 아버지의 형제인 할란의 영주와 재혼했는데, 친족 결혼인 데다 양쪽 모두 두 번째 결혼이었기에 두로사는 언젠가 셈레이가 받을 할란의 레이디라는 호칭을 받지 못했다. 그래도 그녀는 나이든 영주와 함께 상석에 앉았고, 그와 더불어 그의 영지를 통치했다. 두르할의 손위 누이인 그녀는 두르할의 젊은 아내를 좋아했고, 빛나는 머리카락의 아기 할드레를 보는 것을 낙으로 여겼다.

셈레이는 말을 이었다.

"그 목걸이는 제 선조 레이넨이 남쪽 땅을 정복했을 때 얻은 재화를 모두 들여 산 거랍니다. 생각해 보세요, 왕국 전체의 부에 맞먹는 보석이라니! 아아, 분명 그 보석이라면 이곳 할란에 있는 어떤 보석보다도, 두르할의 사촌 이사르가 걸친 쿱의 알 같은 수정들보다도 빛날 거예요. 너무나 아름다웠기에 이름까지 붙였지요. 사람들은 그 보석을 '바다의 눈동자'라 불렀어요. 증조모께서 그 목걸이를 거셨죠."

"한 번도 본 적은 없고?"

손위 여인은 기나긴 여름이 보낸 뜨겁고 쉼 없는 바람이 숲 속을 헤매다 멀리 해안으로 뻗은 흰 길을 소용돌이쳐 내려가는 녹색 산비탈을 굽어보며 나른하게 물었다.

"제가 태어나기 전에 없어졌대요."

"스타로드가 공물로 받아갔나?"

"아니요. 아버님 말씀으로는 스타로드가 우리 영토에 들어오기도 전에 도둑맞았다나요. 아버님은 그 이야기를 해주지 않으려 하셨지만, 옛 이야기를 많이 알던 평민 노파 하나가 늘 말해 주길 피아는 그 목걸이가 어디에 있는지 알 거라 했어요."

"아, 피아라면 정말 한번 보고 싶구나! 그토록 많은 노래와 이야기 속에 나오니 말이야. 그들은 왜 서쪽 땅에 오지 않지?"

"너무 높고, 겨울엔 너무 추워서일 거예요. 피아는 남쪽 계곡의 햇볕을 좋아하죠."

"피아도 진흙족과 비슷한가?"

"진흙인들은 본 적이 없어요. 남쪽에서는 저희를 가까이하지 않거든요. 그들은 평민들처럼 하얗고, 생김새가 이상하지 않나요? 피아는 아름다워요. 조금 더 마르고, 더 현명하다는 점만 빼면 어린아이 같은 모습이죠. 아, 그들이 목걸이가 어디에 있는지, 누가 훔쳐갔으며 어디에 숨겨놓았는지 알까 모르겠어요! 생각해 보세요, 두로사…… 제가 왕국 하나만큼의 재산을 목에 걸고 할란의 축연에 들어와 남편 곁에 앉을 수 있다면, 그리고 그이가 어느 남자보다 빛나듯 저도 다른 여자들을 무색게 할 수 있다면!"

두로사는 어머니와 고모 사이 모피 깔개에 앉아서 제 갈색 발가락을 들여다보던 아기에게 머리를 굽히며 중얼거렸다.

"셈레이는 바보로구나. 유성처럼 빛나는 셈레이, 남편은 세상 어느 금보다 셈레이의 금빛 머리카락을 사랑하는데 말이야……."

셈레이는 여름의 녹색 비탈 너머 먼 바다를 보며 아무 말도 하지 않았다.

그러나 또 한 번의 한년이 지나고, 스타로드들이 다시 찾아와 세상 끝에서의 전쟁을 위한 세금을 걷어가고, (게다가 이번에는 난쟁이 진흙인을 통역으로 써서 안기야르의 자존심을 상하게 한 나머지 반란이 일어날 지경이었다.) 또 한 번의 온년이 지나 할드레가 재잘거리며 수다를 떠는 사랑스러운 아이로 자란 어느 날 아침, 셈레이는 두로사의 탑 안 양지바른 방으로 할드레를 데려갔다. 셈레이는 낡은 푸른색 망토를 걸치고 머리에는 두건을 눌러쓰고 있었다.

셈레이는 빠르고 차분하게 말했다.

"며칠만 할드레를 봐주세요, 두로사. 남쪽, 키리엔으로 가려고요."

"아버님을 뵈러 말인가?"

"제 유산을 찾으려요. 하르겟 영지의 친척들은 두르할을 조롱해 왔어요. 심지어 반쪽 혈통의 파르나조차 두르할을 비웃을 수 있지요. 파르나의 아내는 공단 침대보에, 다이아몬드 귀고리와 세 벌의 드레스를 갖고 있으니까요. 밀가루 같은 얼굴에 까만 머리의 매춘부가 말예요! 두르할의 아내는 드레스를 기워야 하는데……."

"두르할의 긍지가 아내에게 있나, 아니면 아내의 옷에 있나?"

그래도 셈레이는 마음을 돌리지 않았다.

"할란의 영주들은 홀에 주저앉은 채 가난뱅이가 되어가고 있어요. 전제 주인에게 제 혈통에 합당한 혼수를 가져올 거예요."

"셈레이! 두르할은 자네가 떠나는 걸 알아?"

"돌아올 때는 기꺼이 그이에게 알릴 만큼 행복해져 있을 거예요."

젊은 셈레이는 말을 멈추고 잠시 동안 기쁨에 찬 웃음을 터뜨렸다. 그러고서 그녀는 허리를 굽혀 딸아이에게 입을 맞추고 돌아서더니 두로사가 무슨 말을 꺼내기도 전에 양지바른 돌바닥 위로 질풍처럼 달려가 버렸다.

안기야르의 기혼녀들은 재미 삼아 말을 타는 법이 없었고, 셈레이는 혼인 이후 할란을 떠난 적이 없었다. 그래서 이제 비람말의 높은 안장 위에 오르자 어려진 듯한 느낌이 들었다. 키리엔의 들판 위 북풍에 반쯤 길든 말을 달리던 무모한 처녀로 돌아간 것 같았다. 지금 그녀를 태우고 할란의 언덕에서 날아 내리는 짐승은 예전 그 말보다 훨씬 혈통이 좋았다. 속이 비어 부력이 있는 뼈 위로 줄무늬 가죽이 맵시 있게 덮였고, 녹색 눈은 바람을 맞아 가늘게 떴으며, 가볍고 강한 날개는 셈레이 양편으로 퍼덕이며 위쪽의 구름과 아래쪽의 산야를 드러냈다가는 가리고 또 드러냈다가 가렸다.

셋째 날 아침 셈레이는 키리엔에 도착하여 허물어진 궁정에 다시 들어섰다. 아버지는 밤새도록 술을 마신 차였고, 예전과 마찬가지로 무너진 지붕을 뚫고 쏟아지는 아침 햇살에 성가셔했으며 딸의 모습에는 머리만 더 아파했다.

"뭐 하러 돌아왔느냐?"

그는 퉁퉁 부은 눈으로 흘긋흘긋 딸을 보며 으르렁거렸다. 젊은 날 불길 같았던 머리카락의 광휘는 꺼져버리고 회색 터럭만 머리를 휘감고 있었다.

"그 젊은 할라가 너와 혼인하지 않아서 살금살금 돌아온 게냐?"

"전 두르할의 아내예요. 혼수를 받으러 왔어요, 아버지."

술고래는 질색을 하며 으르렁거렸다. 그러나 셈레이가 너무나 부드럽게 웃는 바람에 주춤하며 다시 돌아보아야 했다.

"아버지, 피아가 바다의 눈동자를 훔쳐갔다는 게 사실인가요?"

"내가 어찌 알겠느냐? 오래된 이야기지. 그 물건은 내가 태어나기도 전에 사라졌다. 솔직히 태어나지도 않았으면 싶다만. 알고 싶으면 피아에게 물어보려무나. 그들에게 가라, 네 남편에게 돌아가. 날 혼자 내버려 둬라. 키리엔에는 여자들과 금과 다른 모든 이야기가 있을 곳이 없다. 이곳의 이야기는 끝났어. 여기는 무너진 땅이다. 텅 빈 홀이지. 레이넨의 아들들은 모두 죽었고, 그들의 보물도 모두 사라졌다. 네 갈 길이나 계속 가거라, 딸아."

폐가에 진을 친 거미처럼 음침하고 퉁퉁 부은 남자는 몸을 돌려 비틀비틀, 낮의 햇살로부터 몸을 숨길 지하실로 향했다.

셈레이는 할란의 줄무늬 바람말을 끌고 옛 집을 떠나 가파른 언덕을 걸어 내려갔고, 음울하게 경의를 표하는 평민들의 마을과 날개 잘린 반야생의 커다란 헤릴러 떼가 풀을 뜯는 들판과 목초지를 지나, 색칠한 주발같이 선명한 녹색에 가장자리까지 햇빛이 넘치는 계곡 안으로 들어갔다. 그 계곡 깊은 곳에 피아의 마을이 있었고, 그녀가 말을 끌고 내려가자 작고 호리호리한 사람들이 오두막과 정원에서 뛰어나와 까르륵거리며 가냘픈 목소리로 외쳤다.

"할라의 신부, 키리엔 레이디, 바람의 딸, 아름다운 셈레이 만세!"

그들은 그녀에게 사랑스러운 이름들을 선사했고 그녀는 그런 이름을 듣는 것이 좋았다. 모두가 웃고 있다는 데는 신경 쓰지 않았다. 피아는 말을 하면서 늘 웃었다. 말을 할 때는 말만 하고 웃을 때는 웃기만 하는 건 그녀의 방식일 뿐. 푸른색 긴 망토를 입은 그녀는 소용돌이치는 환영 속에 우뚝 섰다.

"빛의 종족, 태양의 주민들, 인간의 친구 피아 만세!"

그들은 그녀를 마을 안 바람이 잘 통하는 집으로 데려갔다. 조그마한 아이들이 뒤에서 숨바꼭질을 하고 있었다. 일단 성장한 피안의 나이에 대해서는 아무도 언급하지 않았고, 그들은 부나방처럼 빠른 속도로 움직여 다녔기 때문에 하나와 다른 하나를 구별하는 것도, 계속 같은 사람에게 이야기하고 있는 건지 확신하기노 힘들었다. 하지만 보기에는 하나가 그녀와 이야기를 나누는 동안 다른 이들은 말에게 먹이를 주고 토닥이는가 하면 마실 물을 가져오고 자그마한 나무들이 있는 정원에서 딴 과일 바구니를 들고 오는 것 같았다.

셈레이와 이야기하던 이가 외쳤다.

"키리엔의 영주들에게서 목걸이를 훔친 건 절대 피아가 아니에요! 피아가 금으로 무엇을 하겠어요, 레이디? 우리에겐 온년에는 햇빛이 있고 한년엔 햇빛에 대한 기억이 있답니다. 그리고 노란 과일이, 마지막 계절의 노란 잎사귀가, 우리 키리엔 레이디의 금빛 머리카락이 있죠. 다른 금은 없어요."

"그럼 어느 평민이 훔쳐간 건가요?"

주위에서 웃음소리가 길게 이어지다가 사그라졌다.

"어찌 평민이 감히? 오, 키리엔의 레이디, 위대한 보석이 어떻게 도난

당했는지는 아무도 알지 못한답니다. 인간도 평민도 피안도, 일곱 종족 중 어느 누구도요. 오로지 죽어버린 마음들만이 오래전, 셈레이의 증조부 '자랑스러운 키렐리'가 홀로 바다의 동굴들 옆을 걷던 때에 어쩌다 목걸이를 잃었는지 알지요. 하지만 어쩌면 태양을 싫어하는 이들 중에서라면 찾을 수 있을지도 몰라요."

"진흙족 말인가요?"

더 크고 성마른 웃음이 터져 나왔다.

"우리와 함께 앉아요. 셈레이. 태양의 머리카락을 하고, 북으로부터 우리에게 돌아온 셈레이."

그녀는 그들과 같이 앉아서 식사를 했고, 그녀가 그들의 상냥함에 즐거워하는 만큼 그들도 그녀의 정중함에 기뻐했다. 그러나 그녀가 유산이 그곳에 있다면 그 물건을 찾으러 진흙족을 찾아가겠노라고 거듭 말하자 그들은 웃음을 그쳤다. 그리고 조금씩 조금씩 주위에 있던 피아가 줄어들었다. 결국에는 식사 전에 이야기를 나누었다고 여겨지는 이 하나만 남았다.

"진흙족에게는 가지 말아요. 셈레이."

그의 말에 한순간 그녀의 심장은 그녀를 저버렸다. 천천히 눈 위로 손을 끌어내리는 피안은 주위 모든 공기를 어둡게 만들었다. 접시에 담긴 과일은 잿빛으로 변하고 깨끗한 물이 담긴 사발은 텅 비어버렸다.

호리호리하고 조용한 피아 남자는 말했다.

"피아와 그데미아르는 머나먼 땅 산맥 속에서 갈라졌지요. 오래전에 갈라졌어요. 오래전 우리는 하나였지요. 지금은 우리가 아닌 것이 그들이고 우리에게 맞는 것은 그들에게 맞지 않아요. 햇빛과 풀과 과일 나무들을 생각해요, 셈레이. 아래로 내려가는 길이 모두 좋은 곳으로 이어지지는 않는다는 것을 생각해요."

"친절한 이여, 나의 길은 아래로 내려가지도 위로 올라가지도 않고 다만 나의 유산을 향해 똑바로 이어질 뿐이랍니다. 나는 목걸이가 있는 곳으로 가서 목걸이를 가지고 돌아올 거예요."

피안은 조금 웃으면서 허리를 굽혔다.

그녀는 마을 밖에서 줄무늬 바람말에 올랐고, 피아의 작별 인사에 응하여 작별을 고하고서 오후의 바람 속으로 날아올라 남쪽, 키리엔 해의 바위투성이 해안가 동굴들을 향해 날아갔다.

진흙족은 결코 동굴을 나와 태양 빛 속에 서지 않으며, 태양만이 아니라 '큰별'과 달들마저 꺼린다고들 했기에 셈레이는 그들을 찾기 위해 동굴 속으로 한참 걸어 들어가야 하는 게 아닐까 걱정이었다. 여행은 길었고, 그녀는 중간에 한 빈 나무 쥐들을 사냥하게 바람말을 풀어놓고 안장 주머니에서 꺼낸 빵을 조금 먹었다. 빵은 이제 딱딱해지고 말라버려 가죽 맛이 났지만, 그래도 희미하게나마 원래의 맛을 간직하고 있었다. 남쪽 숲 속 빈터에 앉아 혼자 빵을 먹다가 한순간 그녀는 두르할의 차분한 음성을 들었고, 할란의 촛불 빛 속에서 그녀를 향해 돌아서는 두르할의 얼굴을 보았다. 그녀는 그 엄격하고 생기 넘치는 젊은 얼굴을 그리며, 한 왕국을 살 수 있는 보석을 목에 두르고 집에 돌아가 그에게 "내 부군께 어울리는 선물을 가져오고 싶었답니다, 영주시여……"라고 말하는 백일몽을 꾸었다. 그런 다음에는 걸음을 재촉했지만, 해안에 도착했을 때에는 이미 해가 저물고 그 뒤로 큰별도 잠기고 있었다. 서쪽에서는 심술궂은 바람이 불어 돌풍을 일으키며 이리저리 방향을 바꾸었고, 바람말은 그 바람에 맞서느라 기진맥진했다. 그녀는 바람말을 타고 모래사장에 미끄러져 내렸다. 말은 즉시 날개를 접고 그르렁거리며 두툼하면서도 가벼운 네 다리를 웅크렸다. 셈레이는 망토 옷깃을 꽉 잡고 일어서서 말 목을 쓰다듬었고, 말은 귀를 탁탁 움직이며 다시 그르렁거렸다. 손에 닿는 따뜻한 털은 위안이 되었지만, 눈 닿는 것이라곤 구름 얼룩 가득한 회색 하늘과 회색 바다, 컴컴한 모래사장뿐이었다. 그리고 모래 위를 훑어보는데 작고 어두운 형체 하나가, 또 하나가, 아니 한 무리가 웅크려 앉아 있거나 달리거나 멈춰 서 있는 모습이 보였다.

그녀는 큰 소리로 그들을 불렀다. 그들은 그녀를 쳐다보지도 않는 것 같더니 순식간에 사방을 둘러쌌다. 바람말에게는 가까이 오지 않았다. 바람말은 그르렁거리기를 멈추고 셈레이의 손 밑에서 털을 약간 곤두세웠다. 그녀는 자신을 보호하려는 말의 움직임에 기뻐하면서도 광포하게 굴까 두려워 고삐를 잡아당겼다. 이상한 족속은 모래 속에 두꺼운 맨발을 묻은 채 가만히 서서 그녀를 노려보았다. 알아보지 못할 수가 없었다. 키는 피아만 했고 모든 면에서 그 웃음 많은 이들의 그림자요, 검은 상(像)이었다. 벌거벗었고 땅딸막했으며 동작은 딱딱했다. 길고 부드러운 검은 머리카락에 타버린 재 같은 흰 피부, 굼벵이 껍질 같은 눅눅한 느낌. 돌멩이 같은 눈.

"당신들이 진흙족인가요?"

"우리는 그데미아르, '밤의 왕국'의 지배자들이오."

그 목소리는 예기치 않게 크고 장중했으며, 짠 바람이 부는 어스름 속에 오만하게 울려 퍼졌다. 하지만 피아가 그랬듯 이번에도 셈레이는 누가 말을 했는지 확신할 수 없었다.

"인사드리겠습니다, 밤의 군주들이여. 나는 키리엔의 셈레이, 할란의 두르할의 아내입니다. 오래전에 잃어버린 나의 유산, 바다의 눈동자라 불리던 목걸이를 찾고자 그대들에게 왔습니다."

"왜 여기에서 그것을 찾소, 안기야? 이곳에는 오직 모래와 소금과 밤뿐."

셈레이는 재치를 보여줄 작정으로 대답했다.

"왜냐하면 잃어버린 물건은 깊고 어두운 곳에 알려지게 마련이고, 땅에서 온 금에는 땅으로 돌아갈 길이 있으니까요. 그리고 때로 작품은 장인의 손에 돌아간다고들 하지요."

마지막 부분은 추측이었지만 맞는 말이었다.

"바다의 눈동자라는 목걸이의 이름을 알고 있는 것은 사실이오. 그 목걸이는 오래전 우리 동굴에서 만들어졌고, 우리 손으로 안기야르에게 팔았소. 그리고 그 푸른 돌은 동쪽에 있는 우리 친족의 진흙 땅에서 왔지. 그러나 이건 아주 오래된 이야기요, 안기야."

"내가 그 이야기들을, 이야기가 나온 곳에서 귀담아 들을 수 있을까요?"

땅딸막한 사람들은 미심쩍은 듯 한동안 침묵을 지켰다. 큰별이 저물면서 어두워가는 모래사장 위로 회색 바람이 불었다. 바다의 소리가 커졌다가 작아졌다. 장중한 음성이 다시 들렸다.

"좋소, 안기야르의 레이디. '깊은 홀'로 들어가도 좋소. 우리와 함께 갑시다."

그의 목소리는 꾀는 듯한 음조로 변했다. 셈레이는 그 목소리에 넘어가지 않았다. 그녀는 날카로운 발톱을 지닌 바람말의 짧은 고삐를 당기며 진흙인들을 따라 모래사장을 걸었다.

이 없는 입이 하품을 하며 뜨뜻하고 악취 나는 숨을 뱉는 듯한 동굴 입구에서 진흙인 하나가 말했다.

"그 하늘짐승은 들어갈 수 없소."

"들어갈 수 있습니다." 셈레이가 말했다.

"안 되오." 땅딸막한 이들이 말했다.

"아니, 여기에 놓아두진 않겠어요. 나의 말이 아니라서 버려둘 수가 없어요. 내가 고삐를 쥐고 있는 한 당신들을 해치진 않을 겁니다."

"아니 되오."

장중한 목소리들이 거듭되었으나, 다른 목소리가 끼어들었다.

"정 그러겠다면."

그리고 그들은 잠시 머뭇거린 후 안으로 들어갔다. 굴 안이 너무나 어두워 동굴 입구가 등 뒤에서 닫혀버린 것 같았다. 그들은 셈레이를 맨 끝에 두고 일렬로 걸었다.

어둡던 굴이 밝아지는가 싶더니 그들은 천장에 매달린 희고 약한 불 공 아래로 나갔다. 멀찍이 불 공이 또 하나, 그리고 또 하나 이어졌다. 불 공 사이에는 길고 검은 벌레가 바위 틈 꽃줄에 달려 늘어져 있었다. 계속 걸어가니 이 불 공들의 간격이 더 촘촘해지며 굴 전체가 차갑고 환한 빛으로 밝아졌다.

셈레이의 안내인들은 굴이 셋으로 갈라지는 지점에 멈춰 섰다. 세 길이 다 강철 문에 가로막혀 있었다.

"기다리시오, 안기야."

그 말과 함께 세 명은 하나의 문을 열어 안으로 들어가고, 여덟 명만 셈레이 곁에 남았다. 문은 들어간 이들 뒤로 철컥 소리를 내며 떨어졌다.

안기야르의 딸은 희고 공허한 불빛 속에 묵묵히 똑바로 서 있었다. 바람말은 줄무늬 꼬리 끝을 이리저리 움직이며 그녀 곁에 웅크리고 앉아, 비행 충동을 누르느라 커다란 날개를 몇 번이나 들썩였다. 셈레이 뒤편 굴속에는 여덟 명의 진흙인이 쪼그리고 앉아서 그네들만의 언어로 나직이 수군거렸다.

철커덩, 중앙 문이 열렸다.

"그 안기야를 밤의 왕국에 들이라!"

새로운 목소리가 쩌렁쩌렁 울렸다. 두툼한 회색 몸에 옷 같은 것을 걸친 진흙인이 문간에 서서 손짓으로 그녀를 불렀다.

"들어와서 우리 땅의 경이로움을 보시오. 손으로 빚어낸 경이, 밤의 군주들의 작품을!"

셈레이는 말없이 고삐를 당기며 머리를 숙이고 난쟁이용으로 만들어진 야트막한 출입구 아래로 따라 들어갔다. 안으로는 또다시 휘황하게 밝은 굴이 이어졌는데, 축축한 벽은 흰빛 아래 눈부시게 빛났고, 걸어 들어갈 길 대신 바닥에 두 줄의 반질반질한 철봉이 눈 닿는 곳 끝까지 뻗어나가 있었다. 철봉 위에는 금속 바퀴가 달린 수레 같은 것이 놓여 있었다. 셈레이는 새로운 안내인의 몸짓에 따라 한순간도 주저하지 않고, 놀란 표정도 짓지 않고 수레 안으로 걸어 들어가 바람말을 옆에 주저앉혔다. 진흙인이 타더니 그녀 앞에 앉아서 막대기와 바퀴 같은 것들을 움직였다. 삐걱거리는 소리가 크게 울리고, 금속과 금속이 맞닿는 요란한 소리가 나더니 벽이 확 움직이기 시작했다. 벽이 점점 빨리 미끄러져가며 머리 위에 매달린 불 공은 흐릿해졌고, 퀴퀴하고 뜨뜻한 공기는 악취 나는 바람이 되어 셈레이의 머리카락에서 두건을 젖혔다.

수레가 멈췄다. 셈레이는 안내인을 좇아 현무암 층계 위 커다란 대기실로, 그 다음에는 그보다 더 큰 홀로 들어갔다. 옛적 물길에 깎여 생겨났거나 바위를 뚫고 들어간 진흙족의 손이 만들어낸 커다란 굴 속, 햇빛을 알지 못하는 이곳의 어둠은 으스스하게 차가운 공의 광휘로 밝혀져 있었다. 벽을 뚫은 격자창 안으로 커다란 날개가 빙글빙글 돌면서 퀴퀴

한 공기를 바꿔주었다. 이 거대하고 폐쇄된 공간은 온갖 소리로 시끌벅
적했다. 진흙족의 커다란 목소리들, 삐걱이는 소리며 날카로운 윙윙거
림이며 돌아가는 날개와 바퀴의 진동음, 이 모든 소리가 바위에 부딪혀
메아리치고 다시 메아리쳤다. 이곳에서 땅딸막한 진흙인 남자들은 모두
스타로드를 흉내 내어 갈라진 바지에 부드러운 부츠, 두건이 달린 튜닉
을 착용하고 있었다. 반면 노예 난쟁이들을 다그치는 소수의 여자들은
벌거벗은 채였다. 남자들 중 다수는 군인으로, 옆구리에 스타로드의 끔
찍한 번개 발사 장치와 같은 모양을 한 무기를 차고 있었다. 셈레이라도
이것이 그저 모양만 흉내 낸 강철 몽둥이라는 것은 알아볼 수 있었다. 무
엇을 보든 그녀는 주의를 기울이지 않았다. 왼쪽으로도 오른쪽으로도
머리를 돌리지 않고 이끄는 대로만 따라갈 뿐이었다. 검은 머리카락 위
에 강철 고리를 얹은 일군의 진흙인 남자들 앞에 도달하자 안내인이 멈
춰 서서 절을 하더니 우렁차게 외쳤다.

"그데미아르의 고귀한 군주들이시오!"

그들은 모두 일곱이었고, 다들 울퉁불퉁한 얼굴에 대단히 오만한 표
정을 띠고서 그녀를 쳐다보아 웃음을 터뜨리고 싶을 정도였다.

그녀는 진지하게 말했다.

"오, 어둠의 왕국을 다스리는 이들이여, 나는 우리 집안의 잃어버린
보물을 찾고자 이곳에 왔습니다. 레이넨의 보배, 바다의 눈동자를 찾습
니다."

그녀의 목소리는 거대한 지하실의 소음 속에서 가냘프게만 들렸다.

"우리의 전령 또한 그리 말하더이다, 레이디 셈레이."

이번에는 누가 말하고 있는지 골라낼 수 있었다. 다른 이들보다 더 작
아 셈레이의 가슴께에도 닿지 못할 키에 힘이 넘치는, 희고 사나운 얼굴

을 한 진흙인이었다.

"우리는 그대가 찾는 물건을 갖고 있지 않소."

"한때는 가지고 계셨다 들었습니다."

"태양이 깜박이는 저 위쪽에선 많은 이야기가 오가지."

"그리고 불어오는 바람이 있는 곳에선 언어가 바람에 날려가기도 하지요. 저는 그 목걸이가 어떻게 해서 우리에게서 사라져 옛 창조자인 당신들에게로 돌아갔는지를 묻는 게 아닙니다. 그건 오래된 이야기이고 지나간 원한이지요. 지금은 오로지 그것을 찾고자 할 따름입니다. 지금 당신들이 가지고 있지 않다 해도, 어디에 있는지는 아시겠지요."

"여기에는 없소."

"그럼 다른 어딘가에 있겠군요."

"그대는 살 수 없는 곳이오. 설대로. 우리가 돕지 않는 한."

"그렇다면 도와주세요. 당신들의 손님 된 자격으로 청합니다."

"'안기야르는 받는다. 피아는 준다. 그데미아르는 주고받는다.' 는 말이 있지. 우리가 도와주면 그대는 무엇을 주겠소?"

"제 감사의 마음을 드리지요, 밤의 군주시여."

그녀는 그들 사이에 우뚝 서서 환하게 미소 지었다. 그들은 모두 마지 못해 경탄하고, 음울한 동경을 드러내며 그녀를 응시했다.

"안기야, 그대는 우리에게 엄청난 은혜를 베풀어달라고 청하고 있소. 얼마나 대단한 것인지 모르겠지. 이해하지 못할 거요. 그대는 이해라는 것을 할 줄 모르고, 바람을 타는 일과 곡식을 기르고 칼부림을 하고 함께 고함을 지르는 것 외엔 아무 일에도 상관하지 않는 족속의 일원이니. 허나 누가 그대들의 검을 제대로 된 강철로 만들어주었던가? 우리, 그데미아르요! 그대의 군주들은 이곳 우리에게로, 진흙 땅으로 찾아와서 검을 사고는 주의 깊게 살펴보는 법도, 이해하는 법도 없이 떠나오. 허나 그대는 여기에 왔고, 우리의 끝없는 경이로움을 몇 가지 볼 것이며 볼 수 있을 것이오. 영원히 타오르는 불빛, 스스로 움직이는 수레, 우리의 옷을 만들고 우리의 음식을 요리하고 우리의 공기를 상쾌하게 해주고 모든 면에서 우리에게 봉사하는 기계들을 말이오. 이 모든 것은 그대가 이해할 수 없는 일이지. 그리고 이걸 알아두시오. 우리, 그데미아르는 그대들이 별의 군주라 부르는 이들의 친구라는 것을! 우리는 그들이 그대들과 이야기하는 것을 돕기 위해 함께 할란으로, 레오한으로, 헐 오렌으로, 그대들의 모든 성에 갔소. 그대들 자존심 강한 안기야르가 공물을 바치는 군주들이 우리의 친구요. 그들은 우리가 호의를 베푸는 만큼 우리에게 호의를 베풀지! 자, 그대의 감사가 우리에게 무슨 의미가 있겠소?"

셈레이는 답했다.

"그 문제에 답하는 것은 당신의 몫이지요. 나의 몫은 아닙니다. 나는 질문을 했습니다. 대답해 주세요, 군주시여."

일곱 지배자는 언어와 침묵으로 한참 동안 의논했다. 그들은 흘끔흘끔 그녀를 보다가 시선을 거두고, 중얼거리다가 침묵하곤 했다. 주위로 인파가 모이더니 조금씩 조금씩, 느리면서도 조용히 다가와, 셈레이는 좁은 틈만 남기고 수백의 텁수룩한 검은 머리통에 둘러싸이고 말았다. 그녀의 바람말은 두려움과, 너무 오랫동안 억눌려 있다 보니 생겨난 짜증으로 몸을 떨었고 야간 비행을 할 때처럼 눈동자가 팽창하며 엷은 색으로 변했다. 그녀는 "지금은 얌전히 있으렴, 용감한 아이, 용감한 아이, 바람의 영주여……"라고 속삭이며 바람말의 따뜻한 머리털을 쓰다듬었다.

"안기야, 그대를 보물이 놓인 곳에 데려다 주겠소."

흰 얼굴에 강철 관을 쓴 진흙인이 다시 그녀 쪽으로 돌아섰다.

"최대한의 후의요. 그대는 우리와 함께 목걸이가 있는 곳으로 가서, 목걸이를 가진 이들에게 그대의 권리를 주장해야 하오. 하늘짐승은 같이 갈 수 없소. 혼자 가야 하오."

"얼마나 먼 곳인가요, 군주시여?"

그는 입술을 빨아들였다.

"아주 먼 곳이오, 레이디. 그러나 단지 긴 하룻밤의 여행이 될 것이오."

"친절에 감사드립니다. 오늘 밤 제 말이 보살핌을 잘 받을 수 있을까요? 조금이라도 다치면 안 됩니다."

"그 짐승은 그대가 돌아올 때까지 자고 있을 것이오. 다시 볼 때면 더 큰 바람말을 타게 되겠지! 어디로 데려가는지 묻지 않소?"

"곧 떠날 수 있을까요? 집을 오래 떠나 있을 수 없어서요."

"물론이오. 곧."

그녀의 얼굴을 가만히 쳐다보는 사이 그의 잿빛 입술은 다시 제자리로 돌아왔다.

셈레이는 이후 몇 시간 동안 벌어진 일을 돌이킬 수 없었다. 모든 일이 급하고 혼란스럽고 시끄럽고 낯설었다. 그녀가 바람말을 잡고 있는 사이 한 진흙인이 금색 줄무늬가 진 바람말의 둔부에 긴 바늘을 꽂았다. 그녀는 그 모습에 비명을 지를 뻔했으나, 바람말은 파르르 경련을 일으키더니 그르렁거리며 잠에 빠져들 뿐이었다. 한 무리의 진흙족이 바람말을 들어 옮겼다. 그들이 바람말의 따뜻한 털에 손을 대자면 용기깨나 불러일으켜야 했을 것이다. 그러고 나서 그녀는 자신의 팔에 바늘이 다가오는 것을 보아야 했다. 잠을 재우려는 것 같지는 않았고, 용기를 시험해

보려는 것일지도 몰랐다. 하지만 확신할 수는 없었다. 그녀는 몇 번이나 철봉 위에 놓인 수레를 타고 움직이며 무수한 강철 문과 지하 동굴을 지나야 했다. 한번은 수레가 양쪽으로 까마득히 어둠만 뻗은 동굴 속을 통과하기도 했는데, 그 어두운 공간은 거대한 헤릴러 떼로 가득했다. 그녀는 구구거리는 소리며 까칠한 울음소리를 들을 수 있었고, 수레 앞쪽에 달린 불빛으로 헤릴러 떼를 흘긋 볼 수 있었다. 그러다가 흰 빛이 쏟아지면서 주위가 좀 더 선명하게 보였다. 헤릴러들은 모두 날개가 잘리고, 눈이 멀어 있었다. 그 광경에 셈레이는 눈을 감아버렸다. 그래도 아직 통과해야 할 굴이 더 있었고, 점점 더 많은 동굴 방이 나왔으며, 울퉁불퉁한 잿빛 몸과 불쾌한 얼굴과 우렁우렁 울리는 목소리도 더 늘어났다. 그리고 갑자기, 마침내 그들이 그녀를 바깥으로 끌어냈다. 한밤중이었다. 그녀는 즐거이 눈을 들어 별들과 홀로 떠서 서쪽 하늘을 밝히는 작은 달 헬레키를 쳐다보았다. 하지만 주위에 있는 진흙족은 모두 조용했고, 이제 그녀는 뭔가 새로운 종류의 수레인지 아니면 동굴인지 모를 곳으로 기어 들어가야 했다. 좁았고, 촛불처럼 깜박이는 작은 빛이 가득했다. 크고 눅눅한 동굴들과 별이 빛나는 밤하늘을 지나 이곳에 들어서니 너무 좁고 눈이 부셨다. 이제 또 다른 바늘이 팔을 찔렀고, 그들은 그녀를 평평한 의자 같은 데 묶어야 한다고, 머리와 손과 발을 묶어야 한다고 했다.

"묶이지 않겠어요."

셈레이는 그렇게 말했지만 안내인이 될 네 명의 진흙인 남자들이 먼저 몸을 묶는 것을 보고는 순순히 따랐다. 나머지는 밖으로 나갔다. 요란한 굉음이 들리더니 긴 정적이 이어졌다. 보이지 않는 엄청난 무게가 그녀를 눌렀다. 그러더니 무게가 사라졌다. 소리도 사라졌다. 아무것도 없었다.

셈레이는 물었다.

"내가 죽은 건가요?"

"그렇지 않아요, 레이디."

마음에 들지 않는 목소리가 들렸다.

눈을 뜬 셈레이는 그녀 위로 수그린 흰 얼굴과 오므라드는 넓은 입술, 작은 돌멩이 같은 눈동자를 보았다. 속박이 풀리고 그녀는 껑충 뛰어 일어났다. 무게감이 없었다. 육체도 없었다. 자신이 바람에 실린 돌풍 한 자락으로밖에 느껴지지 않았다.

음울한 목소리 혹은 목소리들이 말했다.

"해치지 않겠어요. 그저 만져보게만 해줘요, 레이디. 당신의 머리카락을 만져보고 싶습니다. 머리카락을 만져보게 해줘요······."

그들이 타고 있는 둥근 수레가 약간 흔들렸다. 하나뿐인 창문 바깥에는 검은 밤이 펼쳐져 있었다. 아니면 그건 안개였을까, 그도 아니면 아무 것도 아니었을까? 긴 하룻밤이라고, 그들은 그렇게 말했다. 정말 길었다. 그녀는 가만히 앉아서 그들의 육중한 회색 손이 머리카락에 와 닿는 것을 참아냈다. 나중에는 손이며 발, 팔에도 손길이 닿았고 하나는 그녀의 목까지 만졌다. 그 순간 그녀는 이를 물고 벌떡 일어섰고, 그들은 뒤로 물러섰다.

"우린 당신을 해치지 않았잖아요, 레이디."

그들은 그렇게 말했지만 그녀는 고개를 저었다.

그들이 지시하자 그녀는 다시 의자에 몸을 묶었다. 그리고 창으로 금빛이 번득이자 그 광경에 눈물이 흘렀지만, 먼저 정신을 잃고 말았다.

로캐넌이 말했다.

"자, 어쨌든 이제 종족은 알았어요."

"어떤 사람인지도 알 방법이 있었으면 좋겠는데······." 큐레이터가 중얼거렸다. "그러니까 땅굴족들 말에 따르면 그녀가 여기 박물관에 소장하고 있는 물건을 원한다는 거지?"

"땅굴족이라고 부르지 마요."

로캐넌은 양심적으로 말했다. 힐퍼(고도 지성 생명체)를 연구하는 민족지학자로서 그는 그런 칭호를 막아야 했다.

"아름다운 족속이 아니라는 것은 사실이지만 C급의 연맹 세력이니까요······. 위원회에서 왜 저들을 발전시키기로 했는지 모르겠습니다. 고도 지성 생명체 모두와 접촉해 보기도 전에 말이에요. 분명 켄타우루스에서 나온 조사팀이었다는 데 내기라도 걸겠어요······. 켄타우루스 인들은 언제나 야행성에 동굴에 사는 이들을 좋아하거든요. 나라면 여기와 있는 종족Ⅱ를 밀었을 텐데."

"저 혈거인들은 여인을 경외하는 것 같군."

"당신은 안 그래요?"

케토는 키 큰 여인 쪽에 다시 한 번 시선을 던지더니 얼굴을 붉히며 소리 내어 웃었다.

"글쎄, 어떤 면에서는 그렇긴 해. 여기 뉴 사우스조지아에서 보낸 18년 동안 저렇게 아름다운 외계인은 처음 봤네. 사실은 다른 어디에서도 저렇게 아름다운 여인은 본 적이 없군. 여신 같아."

수줍음 많은 큐레이터인 케토는 거짓말 안 보태고 벗어진 머리 꼭대기 부분까지 빨갛게 물들었다. 로캐넌은 그에게 공감하며 진지하게 고개를 끄덕였다.

"저 땅······, 아니 그데미아르의 통역 없이 직접 이야기를 나눌 수 있었으면 좋겠군요. 하지만 방법이 없으니."

로캐넌은 방문자들 쪽으로 다가갔고, 그녀가 아름다운 얼굴을 돌리자 정중하게 절을 했다. 한쪽 무릎은 바닥에 대고, 머리를 숙이며 눈을 감았다. 이것은 그가 '만능 이종 문화 간 경배'라고 부르는 몸짓이었고, 그는 꽤 우아하게 절을 해 보였다. 그가 다시 몸을 일으켜 세우자 아름다운 여인은 미소 지으며 말했다.

"'스타로드 만세.'라고 합니다."

그녀의 땅딸막한 호위자들 중 하나가 피진 은하어로 말했다.

로캐넌은 응답했다.

"안기야르의 레이디 만세. 박물관의 우리가 어떻게 레이디께 도움을 드릴 수 있을지?"

혈거인들의 으르렁대는 듯한 목소리 너머로 그녀의 음성이 짧은 온빛 바람처럼 달렸다.

"오래오래 전 그녀의 혈족 조상의 보물이었던 목걸이를 달라고 합니다."

"어떤 목걸이 말입니까?"

그녀는 그의 질문을 이해하고 앞에 놓인 케이스 중앙에 전시된 물건을 가리켰다. 육중하면서도 지극히 섬세한 세공 솜씨가 돋보이는 황금 사슬에 푸른 불꽃 같은 커다란 사파이어가 박힌, 뛰어난 예술품이었다. 로캐넌은 눈썹을 추켰고, 어깨너머로 케토가 중얼거렸다.

"취향이 훌륭하시구먼. 저건 포말하우트 목걸이야. 꽤 유명한 작품이지."

그녀는 두 남자에게 미소를 보이고 다시 한 번 혈거인들의 머리 위로 그들에게 말을 건넸다.

"'오, 스타로드, 보물 창고의 연장자와 연하자시여, 이 보물은 나의 것입니다. 오래오래 전. 감사합니다.' 라고 합니다."

"우리가 저 물건을 어떻게 얻었지요, 케토?"

"잠깐만. 목록을 좀 찾아보고……. 여기 있군. 여기. 이 땅…… 두더……, 뭐든 간에 아무튼 이들에게서 받았네. 그데미아르 말이야. 여기에 씌어 있기로는 이들에게 거래에 대한 강박관념이 있다는군. 그들이 타고 온 우주선 AD-4에 대가를 지불하게 할 수밖에 없었다는 거야. 이 목걸이가 대가의 일부였네. 이건 이들의 작품이야."

"그리고 장담하는데 더 이상은 이런 예술품을 만들지 못하겠지요. 우리가 산업사회로 이끌어놓았으니."

"하지만 저들은 이 목걸이가 자기들 게 아니라 그녀의 것이라고 느끼는 것 같은데. 아주 중요한 일임이 분명해, 로캐넌. 그렇지 않고서야 그녀의 용건을 위해 이만큼의 시간을 포기할 리가 없잖나. 여기에서 포말하우트까지의 실제 시간 경과는 상당할 텐데!"

별 사이를 건너뛰는 데 익숙해져 있는 힐퍼가 말했다.

"몇 년은 걸리지요. 그렇게 멀지는 않습니다. 안내서에나 편람에나 제대로 추정해 볼 만한 자료가 나와 있질 않군요. 확실히 이 종족에 대해선 조사가 제대로 되지 않았어요. 이 작은 친구들은 그녀에게 그저 호의를 보이고 있는 건지도 모릅니다. 아니면 종족 간 전쟁이 이 망할 놈의 사파이어에 달려 있을지도 모르지요. 어쩌면 자기들이 그녀보다 열등하기 짝이 없다고 여겨, 그녀의 요구에 순응하는 걸지도 모르고요. 혹은 외관이야 어떻든 그녀 쪽이 그들의 죄수이고 미끼일 수도 있습니다. 어떻게 알겠어요……? 저걸 내줄 수 있습니까, 케토?"

"아, 그럼. 모든 외계 작품은 원칙적으로 우리 소유가 아니라 대여 상태로 되어 있어. 이런 요구가 이따금씩 있거든. 그것 때문에 논쟁을 벌이는 일은 드물지. 무엇보다 평화가 우선이니까. 대전이 일어나기 전까지는……."

"그럼 그녀에게 내줬으면 싶군요."

케토는 미소 지으며 말했다.

"특별 대우야."

그는 케이스를 열고 찬란한 금사슬을 들어올렸다. 그리고 수줍음 때문에 "자네가 주게."라고 말하며 로캐넌에게 넘겨주었다.

그렇게 해서 푸른 보석은 한순간 로캐넌의 손 안에 놓였다.

그의 마음은 그 보석에 있지 않았다. 그는 손 안 가득 푸른 불꽃과 금을 들고 곧장 아름다운 외계 여인에게 몸을 돌렸다. 그녀는 손을 들어 목걸이를 받는 대신 고개를 수그렸고, 그는 목걸이를 그녀의 목에 걸었다. 그녀의 금갈색 목덜미에 드리워진 목걸이는 타오르는 도화선 같았다. 그녀가 너무나 강한 긍지와 기쁨, 감사를 얼굴에 드러내며 시선을 들어 로캐넌은 아무 말도 하지 못했고, 자그마한 큐레이터는 자기 나라 말로 중언부언 "괜찮아요. 괜찮습니다."라고 중얼거렸다. 그녀는 그에게, 그리고 로캐넌에게 금빛 머리를 숙였다. 그리고 땅딸막한 호위들에게 (혹은 감시인들이었을까?) 고개를 끄덕이고, 낡은 푸른 망토를 끌며 긴 홀을 떠났다. 케토와 로캐넌은 서서 눈으로만 그녀를 좇았다.

로캐넌이 마침내 입을 열었다.

"때로 느끼지만……."

"음?"

한참 동안 말이 끊어지자 케토가 쉰 목소리로 물었다.

"때로 느끼지만 나는……, 때로 이토록 조금밖에 알지 못하는 세계에서 온 사람들과 만날 때면……, 흡사 어느 전설의 모퉁이에, 아마도 내가 이해하지 못하는 비극적인 신화의 한 대목에 뛰어든 것만 같습니다……."

"그래." 큐레이터는 목청을 가다듬으며 말했다. "나는……, 나는 그녀의 이름이 무엇인지 궁금하네."

아름다운 셈레이. 황금빛 셈레이. 목걸이의 셈레이. 진흙족은 그녀의 의지에 굴했고, 진흙족이 데려간 끔찍한 장소, 밤의 끝자락에 있는 도시에 사는 스타로드들조차 그러했다. 그들은 그녀에게 절을 하고, 기꺼이 자기들의 보물 중에서 그녀의 보물을 내주었다.

그러나 그녀는 아직도 동굴들 안에서의 느낌을 털어낼 수 없었다. 바위가 머리를 내리누르고, 누가 말을 하는지 그들이 무엇을 하는지 알 수 없는, 목소리는 우렁우렁 울리고 회색 손들이 뻗어오던……. 이제 충분하다. 그녀는 목걸이의 값을 치렀다. 좋아. 이제 그 목걸이는 그녀의 것이었다. 대가는 지불했고, 지난 일은 지난 일이었다.

그녀의 바람말은 눈을 굳게 감고 모피 가장자리엔 서리가 덮인 모습으로 상자 속에서 기어 나왔고, 막 그데미아르의 동굴을 떠났을 때는 날수도 없었다. 그래도 이제는 다시 괜찮아진 듯, 부드러운 남풍을 타고 밝은 하늘을 날아 할란으로 향했다.

"빨리, 빨리 가자."

그녀는 바람이 마음속 어둠을 걷어내자 소리 내어 웃으며 말했다.

"어서 두르할을 보고 싶어, 어서……."

그리고 그들은 빨리 날아 이튿날 황혼 녘에 할란에 도착했다. 이제 바람말이 할란의 천 개의 계단 위로 급강하하여 숲이 천 피트에 걸쳐 펼쳐지는 '수렁다리'를 건너자 진흙족의 동굴은 작년의 악몽보다도 멀게 느껴졌다. 그녀는 금빛 저녁 햇살 속에서 비행용 뜰에 내려 딱딱한 영웅 조각상들과, 그녀의 목에 걸린 불타는 보석을 뚫어져라 바라보며 고개를 숙이는 두 명의 문지기 사이를 지나 마지막 층계를 걸어 올라갔다.

그녀는 앞쪽 홀에서 지나가던 소녀를 붙잡았다. 아주 예쁜 소녀였고, 이름은 기억나지 않았지만 생김새로 보아 두르할의 가까운 친척인 듯했다.

"나를 아나요, 아가씨? 나는 두르할의 아내 셈레이예요. 레이디 두로사에게 내가 돌아왔다고 말해 줄래요?"

안으로 들어가서 바로, 혼자서 두르할을 대면하는 것은 두려웠으므로 그녀에겐 두로사의 원조가 필요했다.

소녀는 아주 이상한 얼굴로 셈레이를 바라보았다. 하지만 그녀는 "네, 레이디."라고 중얼거리고는 탑을 향해 달려갔다.

셈레이는 황폐한 금박 홀에 서서 기다렸다. 아무도 지나가지 않았다. 다들 축연장 식탁에 둘러앉아 있는 걸까? 정적이 흐르자 마음이 불편했다. 잠시 후 셈레이는 탑으로 이어지는 층계 쪽으로 다가갔다. 하지만 웬 늙은 여인이 팔을 벌리고 흐느끼며 돌바닥을 가로질러 다가오고 있었다.

"아아, 셈레이, 셈레이!"

셈레이는 머리가 희끗희끗한 그 여인을 한 번도 본 적이 없었고, 그래서 몸을 움츠리며 물러섰다.

"그런데 레이디, 누구시죠?"

"두로사야, 셈레이."

셈레이는 두로사가 그녀를 끌어안고 울면서 진흙족이 그녀를 납치해

다가 이 오랜 세월 동안 주문을 걸어두었다는 게 사실이냐고, 아니면 피아가 이상한 기술로 그런 거냐고 묻는 동안 아무 말 없이 조용히 서 있기만 했다. 두로사는 이윽고 뒤로 약간 물러서며 울음을 그쳤다.

"아직도 젊구나, 셈레이. 이곳을 떠나던 날처럼 젊어. 그리고 목에 그 목걸이를 걸고 있구나……."

"제 남편 두르할에게 줄 선물을 가져왔어요. 그는 어디에 있죠?"

"두르할은 죽었다."

셈레이는 꼼짝도 하지 않았다.

"자네의 남편, 나의 동생, 할란의 영주 두르할은 7년 전 전투에서 사망했어. 자네가 사라지고 9년이 지난 다음이었지. 스타로드는 더 이상 오지 않았고 우리는 동쪽의 영주들, 로그와 헐 오렌의 안기야르와 전쟁을 벌였어. 싸우던 두르할은 어느 평민의 창에 숨졌지. 몸에 걸친 갑옷은 너무나 보잘것없었고, 영혼에는 아무 갑옷도 두르지 못했으니까. 두르할은 오렌 늪 위쪽 들판에 묻혔지."

셈레이는 돌아섰다. "그에게 가야겠어요." 그녀는 목을 내리누르는 금사슬에 손을 뻗었다. "그에게 제 선물을 줘야지요."

"기다려, 셈레이! 두르할의 딸, 자네의 딸아이, 그 아이를 봐야지. 아름다운 할드레를!"

그녀가 처음으로 말을 건넸던, 두로사에게 보냈던 바로 그 소녀였다. 열아홉 즈음, 두르할과 같은 짙푸른 눈동자를 지닌 소녀. 그녀는 두로사 옆에 서서 흔들림 없는 눈으로 이 여인을, 자신의 어머니이면서 자신과 같은 나이로 보이는 셈레이를 응시했다. 그들은 나이가 같았고 금색 머리카락과 아름다움도 똑같았다. 다만 셈레이 쪽이 약간 더 크고, 가슴에 푸른 보석을 늘어뜨렸을 뿐.

"받으렴, 받아. 내가 긴 밤의 끝에서 두르할과 할드레를 위해 가져온 목걸이란다!"

셈레이는 큰 소리로 외치며 고개를 돌려 수그리더니 무거운 사슬을 벗어버렸다. 목걸이는 차갑고 투명한 찰랑 소리를 내며 돌 위에 떨어졌다.

"아아, 받으렴, 할드레!"

그녀는 다시 한 번 외치고, 통곡을 하며 몸을 돌려 할란을 빠져나갔다. 달아나는 야생 짐승처럼 다리를 지나 길고 널찍한 층계 아래로, 동쪽으로, 산중턱 숲 속으로 달려 들어가, 사라져버렸다.

제1부 스타로드

1

전설의 첫 부분은 그렇게 끝난다. 그리고 그 모든 것이 사실이다. 이제 연맹의 『은하계 제8지역 안내서』에서 발췌할 몇 가지 사실 역시 그와 같은 정도로 진실이다.

62번: 포말하우트 II

AE 유형—탄소 생명체. 철 핵의 행성, 지름 6600마일, 산소 함량이 많은 무거운 대기.

공전 주기: 800지상일 8시간 11분 42초.

자전 주기: 29시간 51분 02초.

태양으로부터의 평균 거리 3.2 AU, 궤도 이심률 경미.

황도 경사각 27° 20′ 20″ 두드러진 계절 변화 초래.

중력. 86 표준.

네 개의 주요 대륙, 북서부, 남서부, 동부, 남극 대륙, 행성 표면의 38%를 차지.

네 개의 위성. (유형은 페르너, 로클릭, R-2, 포보스형). 포말하우트의 자매성은 하늘의 가장 밝은 별로 보임.

가장 가까운 연맹 세계: 뉴 사우스조지아, 수도 케르겔렌. (7.88광년)

역사: 202년 엘리슨 원정대가 해도에 기록, 218년 로봇 탐사가 이루어짐.

235~236년, 최초의 지리학 조사. 책임자: J. 키올라프.

주요 대륙은 공중에서 개관. (3114-a, b, c, 3115-a, b 지도를 보시오.) 착륙 후 지리학과 생물학 분야의 연구와 힐프(고등 생명체)와의 접촉은 동부와 북서부 대륙에서만 수행. (아래 지성 종족에 대한 기술을 보시오.)

252~254년, 종족 I-A에 대한 기술 강화 파견단. 책임자: J. 키올라프 (북서부 대륙에 한하여)

254, 258, 262, 266, 270년 N.S.Ga. 케르겔렌에 있는 지역 재단의 원조하에 종족 I-A와 종족 II에 대한 관리와 과세 파견단.

275년, 모든 세계의 힐프 관계 당국이 지성 종족에 대해 더 적절한 연구를 수행해야 한다는 이유로 행동 금지령을 내림.

321년, 최초의 민족지 조사. 책임자: G. 로캐넌.

남쪽 산마루 뒤편에서 눈부시게 흰 기둥이 빠르고 소리 없이 하늘로 치솟았다. 할란 성의 누대를 지키던 위병들은 청동으로 청동을 두드리며 고함을 질렀다. 그들의 작은 목소리와 경고음은 망치로 내리치는 듯한 바람 소리와 한꺼번에 흔들리는 숲의 굉음에 삼켜져 버렸다.

할란의 모지언은 성의 비행뜰로 달려가다가 그의 손님인 스타로드와 마주쳤다.

"당신의 배가 남쪽 산마루 뒤에 있었습니까, 스타로드?"

상대방은 백지장처럼 하얗게 질린 얼굴을 하고도 여느 때와 다름없이 침착한 음성으로 대답했다.

"그랬지요."

"같이 갑시다."

모지언은 비행뜰에서 안장을 얹고 대기해 있던 바람말의 안장 뒤에 내빈을 태웠다. 바람말은 바람에 날리는 회색 잎사귀처럼 천 개의 계단 아래 수렁다리를 건너, 할란의 영토에 속하는 비탈 숲 위로 날아갔다.

바람말이 남쪽 산마루 위를 가로지르자 말에 탄 두 사람은 고르게 퍼진 첫 햇살의 금빛 창들 사이로 오르는 푸른 연기를 보았다. 산불이 산사면의 강바닥에 자란 축축하고 서늘한 덤불을 만나 연기를 내며 꺼져가고 있었다.

갑자기 아래 산허리가 움푹 꺼지며 연기가 피어오르는 검은 먼지로 꽉 찬 시커먼 구덩이가 나타났다. 큼지막한 절멸의 원 가장자리로는 길쭉한 숯덩이로 화한 나무들이 하나같이 캄캄한 구덩이로부터 머리를 돌리고 쓰러져 있었다.

할란의 젊은 영주는 파괴된 계곡에서 올라오는 상승 기류 위로 회색 바람말을 안정시키고 말없이 아래를 굽어보았다. 전설에서는 그의 조부와 증조부의 시대에 스타로드들이 처음 왔을 무렵 그들이 어떻게 무시무시한 무기로 산을 태워 없애고 바다를 끓게 했으며, 그 무기들로 안지언의 영주들 모두를 위협하여 충성을 맹세하고 공물을 바치게 했는지를 이야기했다. 모지언은 지금 처음으로 그 이야기들을 믿게 되었다. 잠시 목이 메어 말이 나오지 않았다.

"당신의 배가……."

"배가 여기 있었지요. 오늘 이곳에서 다른 사람들을 만나려고 했어요. 모지언 영주, 백성들에게 이곳을 피하라 이르십시오. 한동안. 다음 한년에 비가 내린 이후까지."

"주문이 남아 있습니까?"

"독입니다. 비가 흙에 스민 독을 제거해 줄 겁니다."

여전히 차분한 목소리였지만, 스타로드는 계속 아래를 내려다보다가 문득 다시 말을 하기 시작했다. 모지언이 아니라 이제는 밝은 아침 햇살이 줄무늬를 그리고 있는 아래쪽 검은 구덩이를 상대로. 그는 스타로드의 언어로 이야기했기에 모지언은 한마디도 알아들을 수 없었다. 그리고 이젠 안지언에도 다른 어느 땅에도 그 언어를 쓰는 사람이 남아 있지 않았다.

젊은 안기야는 안절부절못하는 바람말을 다독였다. 뒤에서 스타로드가 긴 숨을 내쉬며 말했다.

"할란으로 돌아갑시다. 여기에는 아무것도 없어요……."

바람말은 연기가 피어오르는 산사면 위를 선회했다.

"로카난 영주, 당신 백성들이 지금 별들 사이의 전쟁에 처했다면 내 할란의 칼로 당신을 지킬 것을 맹세합니다!"

"감사드립니다, 모지언 영주."

60

스타로드는 안장에 매달려서 말했다. 비행으로 인한 바람이 숙인 머리를 때려 희끗해져 가는 머리카락이 날렸다.

긴 하루가 지나갔다. 할란 성, 탑 안에 있는 그의 방 여닫이창으로 밤바람이 휘몰아쳐 널찍한 화로에 불길이 나불거렸다. 한년은 거의 끝났다. 불안한 봄기운이 바람에 실려 있었다. 고개를 들자 벽에 걸린 풀 융단에서 달콤한 곰팡내와 바깥 숲 속의 신선한 밤 내음을 맡을 수 있었다. 그는 다시 한 번 송신기에 대고 말했다.

"여기는 로캐넌. 여기는 로캐넌. 응답할 수 있는가?" 그는 한참 동안 수신기의 침묵에 귀를 기울이다가, 우주선 주파수를 한 번 더 시도해 보았다. "여기는 로캐넌……."

얼마나 오랫동안 그 말을 되풀이하고, 속삭이다시피 하고 있었는지 깨달은 그는 입을 다물고 송신기를 껐다. 그들은 죽었다. 열네 명 모두. 그의 동료와 친구들 모두가. 모두가 이 행성의 긴 일 년 중 절반의 시간 동안 포말하우트 II에 있었고, 이제 회의를 하고 서로의 기록을 비교할 때였다. 그래서 스메이트와 그의 승무원들이 동부 대륙에서 출발, 오는 길에 남극 대원들을 태운 다음, 마지막으로 로캐넌을 만나기 위해 이리로 돌아왔던 것이다. 로캐넌, 첫 번째 민족지 조사 책임자이며 그들 모두를 이리로 데려온 사람을. 그리고 이제 그들은 모두 죽었다.

그리고 그들의 성과, 기록과 사진, 테이프, 그 밖에 그들의 죽음을 정당화해 줄 것들도 모조리 사라졌다. 그들과 함께 먼지로 화했고, 그들과 함께 개죽음당했다.

로캐넌은 다시 한 번 통신기를 켜서 비상 주파수에 맞췄다. 하지만 송신기를 들지는 않았다. 이쪽에서 연락을 해봐야 적에게 생존자가 있다는 사실만 드러날 뿐이었다. 그는 조용히 앉아 있었다. 문 두드리는 소리가 방 안에 울려 퍼지자 그는 이제부터 써야만 하는 외계 언어로 말했다.

"들어오시오!"

성큼 걸어 들어온 것은 할란의 젊은 영주 모지언이었다. 이제까지는 종족 II의 문화와 그 밖의 것들에 대한 최고의 정보 제공자였으며, 이제는 그의 운명을 손에 쥔 사람이다. 모지언은 안기야르가 다 그렇듯 키가 아주 훤칠했고, 머리카락은 밝고 피부는 어두운 색이었으며, 잘생긴 얼굴은 때로 강렬한 감정의 번갯불에 깨어질 때를 제외하고는 엄격하게 평정을 유지하게끔 훈련되어 있었다. 그 강렬한 감정이란 분노와 패기, 기쁨이었다. 올기요르 하인 라호가 뒤따라 들어와 노란색 병과 두 개의 잔을 장 위에 놓고, 잔에 넘실넘실하게 술을 따른 후 물러났다. 할란의 계승자는 말했다.

"당신과 함께 마십니다, 스타로드."

"그리고 나의 가문이 그대의 가문과 더불어 살며 우리의 아들들이 함께할 것입니다, 영주시여."

아홉 개의 각기 다른 외계 행성에 살면서 예의범절의 가치를 배우지 않을 수 없었던 민족지학자의 화답이었다. 그와 모지언은 은으로 가장자리를 두른 나무 잔을 들어올려 술을 마셨다.

모지언은 통신기를 보며 말했다.

"그 말상자는 다시 말을 하지 않는 겁니까?"

"내 친구들의 목소리로는 말하지 않을 겁니다."

다갈색 얼굴에는 아무런 감정도 드러나지 않았지만, 모지언은 이렇게 말했다.

"로카난 영주여, 그들을 살해한 무기는 상상을 뛰어넘는 물건입니다."

"'모든 세계의 연맹'은 그런 무기를 다가올 전쟁에 쓰고자 보존해 두었지요. 우리들의 세계에 쓰기 위함이 아니고."

"그러면 이것이 그 '전쟁'입니까?"

"그렇지는 않다고 봐요. 당신도 알겠지만 야담이라는 친구는 배에 머물러 있었어요. 배에 있는 앤서블로 그런 소식을 들었다면 바로 내게 송신했을 겁니다. 경고가 있었을 거예요. 이건 연맹에 대한 반란이 틀림없어요. 내가 케르겔렌을 떠날 때 패러데이라는 세계에서 반란이 일어나고 있었는데, 그것이 태양의 시간으로 9년 전이었지요."

"이 작은 말상자로는 케르겔렌 시에 말을 걸 수 없는 겁니까?"

"없어요. 설령 그게 가능하다 해도 내 말이 케르겔렌까지 가는 데 8년이 걸리고, 답이 돌아오는 데에도 8년이 걸리겠지요."

로캐넌은 평소와 다름없는 위엄과 수밉없는 우아함을 갖추어 밀했지만, 유배된 것이나 다름없는 상황에 대해 설명하는 그의 목소리에는 활기가 없었다.

"내가 배에서 보여준 앤서블이라는 기계 기억합니까. 몇 년의 시간을 건너뛰어 다른 세계에 곧장 말을 걸 수 있는 기계 말이에요. 내 생각에는 놈들이 그 기계를 찾은 것 같습니다. 앤서블과 함께 친구들 전원이 배에 있었던 게 불운이었지요. 그 기계가 없으면 난 아무것도 할 수 없습니다."

"하지만 케르겔렌에 있는 당신 혈족과 친구들이 앤서블로 당신을 불렀는데 답이 없다면, 그들이 알아보러 오……."

모지언은 로캐넌이 말하기 전에 답이 무엇인지 알아차렸다.

"8년이 걸려서……."

모지언에게 조사선 안을 구경시키고 동시 통신기 앤서블을 보여주었을 때 로캐넌은 하나의 태양에서 다른 태양까지 순식간에 갈 수 있는 신형 우주선에 대해서도 이야기해 주었다.

안기야 군사 지도자는 물었다.

"당신 친구들을 살해한 배가 FTL이었습니까?"

"아니요. 사람이 타고 있었어요. 적들은 지금 바로 여기, 이 세계에 있는 겁니다."

로캐넌이 살아 있는 생물은 FTL기를 타고 살아남을 수 없다고 말해 준 것을 떠올리니 모지언에게도 그 점은 명백해졌다. FTL은 로봇 폭격기로만, 순식간에 나타나서 공격하고 사라져버리는 무기로만 쓰인다 했다. 괴상한 이야기였지만, 모지언이 확실히 진짜임을 알고 있는 이야기보다 더 괴상하지는 않았다. 그것은 로캐넌이 여기까지 타고 온 배가 세상과 세상 사이 밤을 건너는 데 몇 년이 걸리더라도 배 안에 탄 사람들에게는 그 세월이 몇 시간으로밖에 느껴지지 않는다는 이야기였다. 여기 이 로캐넌은 거의 반백 년 전에 포로술 별의 도시 케르겔렌에서 할란의 셈레이와 이야기를 나누고 그녀에게 바다의 눈동자를 주었다. 하룻밤에 16년을 살아버린 셈레이는 오래전에 죽었고, 셈레이의 딸 할드레는 늙은 여인이었으며, 셈레이의 손자 모지언이 벌써 어른이었다. 그런데 여기에 늙지도 않은 로캐넌이 앉아 있다. 그에게 세월은 별과 별 사이를 날면서 지나갔다. 정말 이상한 일이었지만, 아직도 그보다 더 이상한 이야기들이 남아 있었다.

"내 어머니의 어머니 셈레이가 밤을 가로질러 날아갔을 때……"

모지언은 운을 떼다가 말을 끊었다.

"모든 세계를 통틀어 그렇게 아름다운 레이디는 본 적이 없었지요."

로캐넌은 잠깐이나마 슬픔이 덜해진 얼굴로 말했다. 모지언이 다시 말을 이었다.

"그분을 도와준 영주는 응당 그분의 혈족에게 환영받아야 합니다. 그런데 내가 묻고 싶었던 것은 그분이 탔던 배에 대한 겁니다. 진흙족은 그 배를 빼앗겼습니까? 그 배에 앤서블이 있다면 당신의 혈족에게 이곳의 적에 대해 말할 수 있지 않을까요?"

로캐넌은 벼락에 맞은 듯 멍해 있다가 잠시 후 냉정을 찾았다.

"아니요. 거기엔 없습니다. 그 배가 진흙족에게 주어진 건 70년 전이었지요. 그때는 동시 통신기가 없었어요. 그리고 이 행성은 45년 전부터 행동 금지령 하에 있었으니, 최근에 설치되었을 리도 없지요. 나로 인해서요. 내가 막았기 때문이죠. 내가 레이디 셈레이를 만난 후 우리 동족들에게 가서 우리가 제대로 알지도 못하는 이 세계에 무슨 짓을 하고 있는 거냐고 말했기 때문에요. 왜 그들의 재산을 빼앗고 괴롭히느냐고, 우리가 무슨 권리로 그러느냐고. 하지만 내가 그러지 않았다면 최소한 몇 년에 한 번씩 이리로 오는 사람이 있었을 거요. 당신들은 지금 이 침입자들 손에 온전히 휘둘리지 않았을 것이고……."

"침입자가 우리에게 뭘 원하는 겁니까?"

모지언은 움츠러드는 게 아니라 신기해하며 물었다.

"당신들의 행성을 원하는 걸 거요. 당신들의 세계를. 대지를. 어쩌면 당신들을 노예로 삼고 싶어 하는지도 모르겠군요. 모르겠어요."

"로카난, 진흙족이 아직도 그 배를 갖고 있다면, 그리고 그 배가 그 도시로 간다면, 당신도 가서 동족과 재회할 수 있습니다."

로캐넌은 잠시 동안 모지언을 쳐다보았다.

"그럴 수도 있겠지요."

그의 말투는 다시 음울해져 있었다. 조금 긴 침묵이 흐른 후 로캐넌은 격렬하게 말했다.

"당신들이 이런 일을 당하게 한 사람은 납니다. 내 동족들을 이곳에 데려와 죽게 한 사람도 나요. 8년 뒤의 미래로 도망쳐서 다음에 무슨 일이 일어났는지 알아보지는 않겠어요! 들어줘요, 모지언 영주. 당신이 내가 남쪽 진흙족에게 갈 수 있게 도와준다면, 배를 얻어서 여기, 이 행성에서 쓸 수도 있을 겁니다. 그 배로 수색을 할 수 있을 거예요. 자동 항해 장치를 바꿀 수 없다 해도 최소한 전언을 담아 케르겔렌으로 보낼 수는 있겠지요. 하지만 나는 이곳에 머물 겁니다."

"옛 이야기에 따르면 셈레이는 키리엔 해 근처 그데미아르의 동굴 속에서 그 배를 찾았다지요."

"바람말을 한 필 빌려주시겠습니까, 모지언 영주?"

"그리고 내가 직접 동행하지요. 괜찮다면."

"이렇게 고마울 데가!"

"진흙족은 고독한 방문자에게는 지독한 이들입니다."

모지언은 기쁜 얼굴로 말했다. 산비탈을 날려버린 끔찍한 검은 구멍에 대한 생각조차도 허리춤에 꽂힌 두 자루 장검을 뽑고 싶어 근질거리는 모지언을 억누르지는 못했다. 마지막 침략도 오래전이었다.

안기야는 다시 채운 술잔을 들어올리며 장중하게 말했다.

"우리의 적이 자식 없이 죽기를."

비무장의 배에 타고 있던 친구들이 사전 경고도 없이 살해되는 일을 겪은 로캐넌은 주저 없이 술잔을 들었다.

"놈들이 자식 없이 죽기를."

그는 그렇게 말하고, 모지언과 함께 술을 마셨다. 할란의 높은 탑 안, 흔들리는 촛불과 두 개의 달이 비추는 노란 빛 속에서.

2

둘째 날이 저물도록 로캐넌은 경직되어 있었고 바람에 데기도 했지만, 높은 안장에 편히 앉는 요령과 할란의 마굿간에서 거대한 날짐승을 끌어내는 방법은 터득했다. 길고 느린 일몰의 석양에 물든 공기가 장미 수정 빛깔의 평원처럼 로캐넌의 위아래로 뻗어 있었다. 바람말들은 가능한 한 오래 햇빛 속에 있으려고 높이 날아올랐다. 그들은 거대한 고양이처럼 따뜻함을 사랑했다. 바람말들은 어둠 속에서 날지 않기 때문에, 검은색 사냥마에 탄 모지언은 야영지를 찾아 아래를 내려다보고 있었다. 사냥마……, 종마, 혹은 수고양이라고 하는 편이 옳을까? 뒤로는 평민 두 명이 크기가 좀 작은 흰 말을 타고 활공했다. 거대한 태양 포말하우드의 저녁놀에 흰색 바람말의 날개는 분홍빛으로 붉늘었다.

"저길 보십시오, 스타로드!"

로캐넌의 말은 모지언이 가리키는 것을 보고 공중에 멈춰서며 으르렁거렸다. 작은 검정색 물체가 앞쪽 하늘 낮게, 고요한 저녁 공기 속으로 희미한 타타타 소리를 내며 움직여 가고 있었다. 로캐넌은 즉시 내려앉자는 몸짓을 했다. 그들이 내려앉은 숲 속 빈 터에서 모지언이 물었다.

"당신 것과 같은 배였습니까, 스타로드?"

"아니요. 그건 행성 위에서만 쓸 수 있는 헬리콥터라는 배였어요. 내 것보다 훨씬 큰 배……, 스타프리깃 함이나 수송선 같은 데 실어서만 여기까지 가져올 수 있었을 겁니다. 군용으로 대거 실어왔을 거예요. 내가 출발하기도 전에 떠났겠지요. 아무튼 대체 여기에서 폭격기와 헬리콥터를 가지고 뭘 하고 있는 건지……? 놈들은 하늘 위 먼 거리에서 바로 우리를 쏠 수도 있었어요. 놈들을 경계해야겠습니다, 모지언 영주."

"그 물건은 진흙 땅에서 날아오르고 있었습니다. 놈들이 우리보다 먼저 그곳에 갔던 게 아니었으면 좋겠군요."

로캐넌은 석양을 흐리는 검은 점, 깨끗한 세상에 기어 다니는 바퀴벌레를 본 분노로 불쾌해져 고개만 끄덕였다. 비무장의 조사선을 보자마자 폭격한 이자들이 누군지는 모르지만 이 행성을 조사하고 식민지나 군사기지용으로 접수하려 한다는 것만은 명백했다. 적어도 세 종 이상에, 모두 기술적으로 낮은 수준에 있는 이 행성의 고도 지성 생명체에 대해서는 모두 무시하거나 노예로 삼거나 절멸시키거나 중에 제일 편한 길을 택할 것이다. 침략자들에게는 기술만이 문제가 될 뿐이므로.

그리고 거기에……, 로캐넌은 평민들이 바람말의 안장을 벗기고 밤 사냥에 나서도록 풀어주는 광경을 지켜보며 스스로에게 말했다. 어쩌면 바로 거기에 연맹의 약점이 있는지도 모른다고. 기술만이 문제가 된다는 것. 지난 한 세기 동안 이 세계에 두 차례 찾아온 파견단은 다른 대륙을 탐사하지도 않고, 모든 지성 종족과 접촉해 보지도 않은 상태에서 하나의 종족을 전 원자력 기술 수준까지 후원하는 데 착수했다. 그는 그 일을 중지시켰고, 마침내는 이 행성에 대해 뭔가를 배우기 위해 직접 민족지 조사단을 데려오는 데 성공했다. 그러나 그는 스스로를 속이지 않았다. 이곳에서 그가 한 연구조차도 결국에는 가장 유망한 종족 내지는 유망한 문화의 기술 발전을 북돋는 기초 정보로만 이용되었다. 모든 세계의 연맹은 이런 식으로 결정적인 적과의 대면을 준비했다. 백여 개의 세계가 훈련을 받고 무장을 했으며, 천여 개의 세계가 강철과 바퀴와 트랙터와 원자로의 사용법을 익히고 있었다. 그러나 가르치는 것이 아니라 배우는 것이 직업이며, 확실히 뒤떨어진 세계 몇 곳에 살아본 힐퍼 로캐넌은 모든 것을 무기와 기계 사용에 거는 것이 현명한 일인지 의심스러웠다. 켄타우루스, 어스(지구), 세티의 공격적인 도구 사용 인류들이 선도하는 연맹은 지성 생명체의 특정 기술과 능력과 잠재력을 경시했고, 너무 편협한 기준으로 상대를 판단해 왔다.

아직까지도 포말하우트 II 외에 다른 이름을 얻지 못한 이 세계는, 연맹이 도착하기 전에 지레와 대장간 수준을 넘어선 종족이 하나도 없는 듯했기에 결코 큰 관심을 끌지 못했다. 다른 세계의 다른 종족들은 범은하적인 적수가 돌아왔을 때 도움이 될 수 있도록 발전을 가속시킬 수 있었다. 피할 수 없는 일이었다. 그는 할란의 검으로 광속 폭격기 편대에 맞서 싸우겠노라던 모지언의 제안을 떠올렸다. 하지만 혹시 '적'의 무기에 비하면 광속이나 FTL 폭격기조차도 청동 검과 다를 바 없다면? 적의 무기가 마음의 무기라면? 마음이 작용하는 서로 다른 형태와 그 힘에 대해 조금도 배워두지 않는 짓이 과연 좋은 일일까? 연맹의 정책은 너무 편협했다. 너무 많은 것을 훼손했고, 그 결과로 이제 반란이 일어나고 말았다. 10년 전 패러데이에 일었던 폭풍이 꺾였다면, 그것은 이제 빠른 속도로 전쟁을 배우고 무장을 갖춘 어느 젊은 연맹 행성이 자신의 제국을 개척하고자 나섰다는 의미였다.

로캐넌과 모지언, 그리고 두 명의 검은 머리 하인은 할란의 부엌에서 가져온 딱딱한 빵 덩어리를 갉아먹고, 가죽 부대에 담긴 노란 바스칸을 마신 다음 바로 잠을 청했다. 그들의 작은 화톳불 주위에는 사방으로 높직이, 시커먼 나뭇가지에 일정한 형태의 날카롭고 까만 솔방울을 주렁주렁 단 침엽수들이 서 있었다. 밤에는 차가운 부슬비가 숲을 적시며 속살거렸다. 로캐넌은 깃털처럼 가벼운 헤릴러 모피 침낭을 머리끝까지 끌어 올리고 속삭이는 빗속에서 긴 밤을 지새웠다. 바람말들은 동틀 녘에 돌아왔고, 그들은 해가 뜨기 전에 다시 날아올라 바람을 타고 진흙족속이 사는 만 근처의 빛깔 없는 땅으로 향했다.

정오 무렵 번쩍이는 진흙 땅에 내려선 로캐넌과 두 하인 라호와 야한은 멍하니 주위를 둘러보았다. 생명체의 흔적은 보이지 않았다. 모지언은 지위에 걸맞은 절대적인 자신감으로 말했다.

"그들은 옵니다."

그리고 그들이 왔다. 로캐넌이 수년 전 박물관에서 보았던 땅딸막한 사람들. 모두 여섯이었고, 로캐넌의 가슴께나 모지언의 허리띠 정도에 닿는 키였다. 벌거벗었고, 저네들의 진흙 땅과 마찬가지로 옅은 회색에, 심하다 싶을 정도로 못난 얼굴을 한 패거리였다. 말을 할 때면 정확히 누가 말했는지 구분할 수 없어 섬뜩한 느낌이 들었다. 모두가 말을 하는 것 같기도 했지만, 쉰 목소리는 하나뿐이었다. '부분적인 군체 텔레파시.' 로캐넌은 안내서에서 읽었던 내용을 떠올리고, 이 드문 재능에 대한 존경심을 더한 눈으로 못생긴 난쟁이들을 보았다. 세 명의 키 큰 동료들은 조금도 감탄스럽지 않은 듯, 불쾌한 얼굴이었다.

"안기야르와 안기야르의 종복들이 밤을 지배하는 이들의 땅에서 무엇을 원하는가?"

진흙인 하나 혹은 모두가 공용어, 즉 모든 종족이 사용하는 안기야르 방언으로 물었다.

모지언은 거인 같은 모습으로 답했다.

"나는 할란의 영주요. 나와 함께 선 이는 별들의 주인이자 밤 사이의 길을 지배하는 군주, 모든 세계의 연맹의 종복이며 할란 혈족의 손님이자 벗인 로카난이오. 그에게 영광 있으라! 회담이 필요하니 우리를 안으로 들이시오. 해야 할 이야기가 있소. 곧 온년에 눈이 내리고 바람은 거꾸로 불며 나무는 뒤집혀 자랄 터이니!"

로캐넌은 안기야르가 이야기하는 방식이란 미적인 감각 면에서 딱 와 닿지는 않는다 해도 정말 유쾌하지 않은가 생각했다.

진흙인들은 수상쩍은 침묵 속에 서 있었다. 마침내 그들이, 혹은 그들 중 하나가 물었다.

"진정 그러한가?"

"그렇소. 그리고 바다는 숲으로 변하며, 돌에는 발가락이 자랄 거요! 시간 낭비 말고 스타로드가 누구인지 아는 족장들에게 안내하시오!"

다시 침묵. 작은 혈거인들 사이에 선 로캐넌은 나방의 날개가 귓가를 스치고 지나가는 듯한 불쾌감을 맛보았다. 결정이 내려지고 도달한 것 이다.

"오시오."

진흙인들은 큰 소리로 말하고는 앞장서서 질척한 땅을 가로질렀다. 그들은 황급히 한쪽 땅뙈기에 모여들더니, 몸을 굽혔다가 비켜서면서 땅바닥에 난 구멍과 비죽이 튀어나온 사다리를 드러냈다. '밤의 왕국' 으로 가는 입구였다.

평민들이 말을 데리고 땅 위에 남아 기다리기로 하고, 모지언과 로캐 넌은 사다리를 밟아 진흙 속을 뚫고 조악한 시멘트를 발라 이리저리 가 지를 친 동굴 세계 속으로 내려갔다. 전깃불이 들어왔고 땀내와 퀴퀴한 음식 냄새가 났다. 호위자들은 평평한 회색 발로 터벅터벅 뒤를 따르며 그들을 거대한 바위층 속 거품처럼 둥글고 반쯤 불이 밝혀진 석실로 데 려간 다음, 그들만 두고 사라졌다.

그들은 기다렸다. 한참을 더 기다렸다.

대체 무엇 때문에 첫 번째 조사단은 이 사람들을 연맹의 일원으로 키 우고자 했던가? 로캐넌은 어쩌면 부당할지도 모르는 해답을 갖고 있었다. 첫 번째 조사단은 차가운 켄타우루스에서 왔고, 조사자들은 거대한 A-3 항성에서 쏟아지는 눈이 멀 것 같은 빛의 폭포와 열기를 피해 기쁜 마음으로 그데미아르의 동굴 속에 들어갔다. 그들에게는 이런 세상에선 제정신이 박힌 사람들이라면 지하에 사는 것이 당연했다. 로캐넌에게는 뜨겁고 흰 태양과 사 중의 달빛으로 대낮처럼 환한 밤, 격심한 기후 변화와 그침 없는 바람, 밀도 높은 공기와 그토록 많은 공중 생물이 살 수 있게 해주는 약한 중력 모두가 감당할 수 있는 것일뿐더러 즐길 만한 것이기도 했다. 그러나 그는 바로 그런 이유에서 자신보다 켄타우루스 인들이 이 동굴족을 판단하는 데 적임자였다는 사실을 스스로에게 일깨웠다. 이들은 확실히 영리했다. 또한 이들은 텔레파시 능력도 지니고 있었는데, 그것이 전력보다 훨씬 희귀하며 훨씬 더 이해하기 어려운 능력임에도 첫 번째 조사자들은 그 부분에 신경을 쓰지 않았다. 그들은 그데미아르에게 발전기와 록 드라이브 우주선과 수학을 전해 주고 등을 좀 두드려준 다음 떠나버렸다. 그 이후로 이 난쟁이들이 무슨 일을 했을까? 로캐넌은 모지언에게 물어보았다.

평생 촛불이나 송진 횃불 이외의 불빛을 본 적이 없는 젊은 영주는 일말의 관심도 없이 머리 위에 걸린 전구를 흘긋 쳐다보고는, 특유의 비범하고 솔직담백한 오만함을 드러내며 답했다.

"그들은 언제나 물건을 만드는 데 능숙했습니다."

"최근에 뭔가 새로운 물건을 만들었나요?"

"우리는 진흙족에게서 강철 검을 삽니다. 그들은 조부님 대에 강철을 다룰 수 있는 대장장이들을 거느리고 있었지요. 하지만 그 전에 대해서는 알지 못합니다. 우리는 오랫동안 진흙족속과 함께 살면서 우리의 국경 지대 아래로 굴을 파도록 용인해 주고, 그들의 검과 은을 맞바꾸었습니다. 그들이 부유하다고들 하지만, 그들을 공격하는 것은 터부예요. 아시다시피 이종 간의 전쟁은 사악한 짓입니다. 두르할 조부님께서 아내를 몰래 끌고 간 것이 이들이라 생각하고 여기까지 찾아왔을 때조차도 터부를 깨고 강제로 말을 시키지는 않았습니다. 그들은 거짓말을 하지도 않지만 굳이 진실을 말하지도 않습니다. 우리는 그들을 좋아하지 않고, 그들은 우리를 좋아하지 않지요. 그들은 터부 이전의 과거를 기억하는 것 같습니다. 그들은 용감하지 않지요."

등 뒤에서 우렁찬 목소리가 터져 나왔다.

"밤의 지배자들 앞에 머리를 숙이라!"

돌아서면서 로캐넌은 레이저 총에 손을 얹었고, 모지언은 양손을 칼자루에 올렸다. 하지만 로캐넌은 그 즉시 파인 벽 속에 설치된 스피커를 알아보고 모지언에게 중얼거렸다.

"대답하지 말아요."

"말하라, 오, 밤의 군주들의 동굴 속에 들어온 이방인들이여!"

쾅쾅 울리는 소리는 위협적이었지만, 모지언은 높은 아치를 그리는 눈썹만 슬쩍 올렸을 뿐 눈 하나 깜짝 않고 서 있었다. 이윽고 그는 말했다.

"로카난 영주, 이제 사흘 동안 바람을 타보니 승마의 즐거움을 알 만합니까?"

"말하면 들어주겠다!"

로캐넌은 축연장 식탁에서 주위들은 칭찬의 말을 인용하여 대답했다.

"그래요. 그리고 그 줄무늬 말은 온년의 서풍처럼 가볍게 날더군요."

"그놈은 아주 혈통이 좋지요."

"말하라! 듣고 있다!"

그들은 벽이 고함을 질러대는 가운데 바람말의 품종 개량에 대해 논했다. 마침내 진흙인 남자 두 명이 나타나 무뚝뚝하게 말했다.

"오시오."

그들은 이방인들을 이끌고 더 깊은 미궁 속, 거대하지만 실제 쓸모도 있는 장난감같이 생긴 산뜻한 소형 전기 열차로 데려갔다. 그들은 이 열차를 타고 잇따라 몇 마일을 달리며 석회 동굴 지역으로 보이는 진흙 동굴들을 통과했다. 마지막 정차 역은 휘황하게 불을 밝힌 홀 입구였고, 홀 저쪽 끝에는 세 명의 헐거인이 단 위에 앉아 그들을 기다리고 있었다. 민족지학자로서는 부끄럽게도 처음에는 세 명이 다 똑같아 보였다. 네덜란드인에게 중국인이 똑같아 보이고, 켄타우루스인의 눈에 러시아인이 똑같아 보이듯……. 그러다가 로캐넌은 문득 중앙에 있는 진흙인의 개성을 알아보았다. 강철 관 아래 그의 얼굴은 주름이 잡히고 희었으며, 강력해 보였다.

"스타로드가 강대한 이들의 동굴 속에서 무엇을 찾는가?"

공용어의 딱딱한 형식성이 지금 로캐넌의 필요에는 정확히 부합했다. 그는 대답했다.

"나는 이 동굴에 내빈으로 오기를, 밤의 군주들의 방식을 배우고 그들의 경이로운 작품을 보기를 희망해 왔습니다. 아직도 그러기를 희망하지요. 허나 지금은 상서롭지 못한 일이 일어나 급박하고 곤란한 상황에 처해서 왔습니다. 나는 모든 세계의 연맹의 대리인이오. 청컨대 연맹의 신뢰의 표시로 당신들이 간직하고 있는 우주선으로 나를 데려다 주십시오."

세 명의 진흙인은 무표정한 얼굴로 그를 응시했다. 그들은 단 위에 올라서 있어 눈높이가 같았다. 같은 높이에서 나이를 알 수 없는 그들의 넓적한 얼굴과 냉혹한 눈을 보는 것은 인상적인 경험이었다. 그리고 괴기스럽게도 왼쪽 인물이 피진 은하어로 말했다.

"배는 없다."

"배는 있습니다."

잠시 후 상대방은 모호하게 되풀이했다.

"배는 없다."

"공용어로 말하시오. 나는 당신들의 도움을 청합니다. 이 세계에 연맹의 적이 있어요. 그 적을 받아들인다면 이곳은 더 이상 당신들의 세계가 아닐 것입니다."

"배는 없다."

왼쪽 진흙인이 말했다. 나머지 둘은 석순처럼 조용히 서 있었다.

"그렇다면 연맹의 다른 영주들에게 진흙족은 신뢰를 배반했으며, 다가올 전쟁에 참전할 자격이 없노라고 말해야 합니까?"

침묵.

중앙에 있던 강철 왕관의 진흙인이 공용어로 말했다.

"신뢰는 양쪽 모두에게 있거나, 아니면 어느 쪽에도 없다."

"당신들을 믿지 않는다면 도움을 청하겠습니까? 최소한 이것만은, 그 배에 전언을 실어 케르겔렌으로 보내는 정도는 해주지 않겠습니까? 아무도 그 배에 올라 세월을 허비할 필요가 없습니다. 저절로 갈 겁니다."

다시 침묵.

"배는 없다."

왼쪽 진흙인이 성난 목소리로 말했다.

"갑시다, 모지언 영주."

로캐넌은 그렇게 말하고 등을 돌렸다.

모지언은 또렷하고 오만하게 말했다.

"스타로드들을 배신하는 자는 더 오랜 약속도 배신하는 법. 그대들은 예전에 우리의 검을 만들어주었다, 진흙족이여. 그 검은 녹슬지 않았어."

그리고 그는 로캐넌과 함께 땅딸막한 회색 안내인들을 뒤따라 성큼성큼 걸었다. 안내인들은 말없이 그들을 철로로, 축축하고 번들번들한 복도들의 미궁을 통과하여 마침내 다시 낮의 햇살 속으로 데리고 나갔다.

그들은 서쪽으로 바람을 타고 몇 킬로미터 날아가 진흙족속의 영역을 벗어난 다음 의논을 하기 위해 숲 속 강변에 착륙했다.

모지언은 자신이 손님을 실망시켰다고 느끼는 모양이었다. 그는 아량을 베풀면서 방해를 받은 적이 없었고, 그래서 다소 침착성을 잃었다.

"동굴 속의 땅벌레들 같으니. 비열한 쓰레기들! 그들은 무슨 일을 했는지나 무슨 일을 할지에 대해서나 절대 곧이 말하지 않을 겁니다. 작은 족속들은 다 그래요. 피아까지도 말입니다. 그래도 피아는 믿을 수 있지요. 진흙족속이 그 배를 적에게 주었으리라 생각하십니까?"

"어떻게 알겠습니까?"

"이것만은 확실합니다. 그들은 값을 두 배로 치르지 않는 한 아무에게도 주지 않았을 겁니다. 물건, 물건들……, 그들은 재산을 모으는 것 외에는 아무 생각도 하지 않아요. 신뢰는 양쪽 모두에게 있어야 한다는 그 늙은이의 말은 뭐였습니까?"

"우리가……, 연맹이 자기들을 배신했다고 느끼고 있다는 뜻이었던 것 같아요. 처음에는 발전을 부추기다가 갑자기 연락을 끊고 오지도 못하게 하며 알아서 하라고 한 지 45년이니까요. 그리고 그들은 알지 못하지만 그건 내가 한 일이었지요. 결국, 그들이 날 도와줄 이유가 어디 있

76

겠습니까? 그들이 아직 적과 대화를 해보지는 않았을 겁니다. 하지만 그들이 배를 팔아치웠다 해도 달라지는 건 없지요. 적에게는 그 배가 나에게만큼 쓸모가 없을 테니까."

로캐넌은 어깨를 구부린 채 반짝이는 강물을 내려다보고 섰다.

모지언이 처음으로 혈족에게 하듯 그의 이름을 불렀다.

"로카난, 이 숲 근처에 쿄도르의 친척들이 삽니다. 서른 명의 안기야르 무사와 세 개의 평민 마을을 거느린 강대한 성이지요. 그들이 오만불손한 진흙족을 벌하는 데 도움……."

"아닙니다." 로캐넌은 무거운 어조로 말했다. "진흙족을 경계하라고 말하는 거라면 동의합니다. 적에게 매수될 수도 있으니까요. 하지만 나로 인해 터부가 깨지거나 전쟁이 일어나는 것은 안 될 말이에요. 그럴 만한 이유는 없어요. 모지언, 지금 같은 시기에 한 사람의 운명은 중요하지 않아요."

모지언은 검은 얼굴을 들며 말했다.

"한 사람의 운명이 중요치 않다면, 무엇이 중요합니까?"

그때 젊고 호리호리한 평민 야한이 끼어들었다.

"영주님들, 저쪽 나무 사이에 누군가가 있습니다."

그는 강 건너 어두운 침엽수 사이에 어른거리는 색채를 가리켰다.

모지언은 "피아다!"라고 외치고 말했다.

"바람말들을 봐."

거대한 짐승들은 네 마리 모두 귀를 쫑긋 세우고 강 건너를 바라보고 있었다.

"할란의 영주 모지언이 벗으로서 피아의 길을 걷소."

모지언의 음성은 넓고 얕게 흐르는 강물 너머로 울려 퍼졌고, 이윽고 반대편 나무들 아래 빛과 그림자 사이에 자그마한 형체가 나타났다. 춤이라도 추는 것처럼 그 위로 햇빛의 반점들이 일렁여 형체가 흔들리고 변화하는 통에 제대로 시선을 두기가 어려웠다. 그 형체가 움직이자 어찌나 가벼운 느낌인지 햇빛 비치는 여울을 휘젓는 게 아니라 물 위로 걷는 것 같았다. 줄무늬 바람말이 일어서더니 속이 빈 굵은 다리로 부드럽게 물가에 다가갔다. 피안이 물 밖으로 나오자 큰 짐승은 고개를 수그렸고, 피안은 손을 뻗어 줄무늬 모피가 덮인 귀를 긁어주었다. 그러고 나서 그는 그들에게 다가왔다.

"할라의 후계자, 태양의 머리카락을 지닌 이, 검을 쥔 분 모지언 만세!"

목소리는 어린아이의 것처럼 가늘고 듣기 좋았으며, 모습 역시 아이처럼 작고 날씬했지만, 얼굴은 아이의 것이 아니었다.

"할란의 귀빈, 스타로드, 방랑자 만세!"

기이한 느낌이 드는 크고 밝은 눈동자가 한순간 로캐넌에게 쏠렸다.

"피아는 모든 이름과 소식을 아는군."

모지언은 미소 지으며 말했지만, 작은 몸집의 피안은 미소로 응하지 않았다. 이것은 조사팀과 함께 잠시 동안 피아의 마을 하나를 방문해 보았을 뿐인 로캐넌에게조차 놀라운 일이었다.

감미롭지만 떨리는 목소리가 말했다.

"오, 스타로드여, 바람의 배를 타고 와서 죽인 것은 누구지요?"

"죽이다니, 당신네 피아를 말이오?"

"우리 마을 사람 모두를. 나는 헤릴러 떼들과 같이 산에 나가 있었어요. 마음속으로 동족들의 부름을 들었고, 와보니 그들은 불길에 갇혀 타오르며 울부짖고 있었지요. 돌아가는 날개를 단 배가 두 척 있었어요. 불을 토해 냈죠. 이제 난 혼자고 큰 소리로 말해야 해요. 마음속 사람들이 있던 자리에 이젠 불과 침묵뿐. 왜 이런 일이 벌어진 거죠?"

그는 로캐넌과 모지언을 번갈아 쳐다보았다. 두 사람 다 말을 하지 못했다. 그는 치명상을 입은 사람처럼 몸을 웅크리고 얼굴을 가렸다.

모지언은 그를 보며 칼자루에 손을 올리고 분노로 몸을 떨었다.

"내 맹세코 피아를 해친 놈들에게 복수하리라! 로카난, 어떻게 이런 일이 있을 수 있습니까? 피아에게는 검도 없고, 재산도 없으며, 적도 없어요! 보십시오, 그의 동족들, 언어를 쓰지 않고도 말할 수 있던 이들, 그의 부족민들 모두가 죽었습니다. 피안은 혼자 살지 못해요. 홀로 죽을 겁니다. 대체 무엇 때문에 놈들이 피아를 해친 겁니까?"

로캐넌은 거칠게 대답했다.

"자기들의 힘을 보여주기 위해서지. 그를 할란으로 네려갑시다, 모지언."

키 큰 영주는 몸을 웅크린 작은 형체 곁에 무릎을 꿇었다.

"인간의 친구, 피안이여, 나와 함께 갑시다. 내 그대의 혈족들처럼 마음속으로 말을 할 수는 없으나, 허공에 떠도는 언어도 모두 공허한 것은 아니니."

그들은 조용히 말에 올랐다. 피안은 어린아이처럼 모지언 앞 높은 안장에 앉았고, 네 마리 바람말은 다시 공중에 날아올랐다. 비를 머금은 남풍이 그들의 비행을 순조롭게 해주었고, 다음 날 느지막이 로캐넌은 퍼덕이는 바람말의 날개 아래로 숲을 관통하여 뻗어 올라가는 대리석 계단, 녹색 심연을 가르는 수렁다리, 그리고 긴 서녘 빛에 잠긴 할란의 탑들을 보았다.

성의 식솔들, 금발의 전사들과 검은 머리의 하인들은 비행뜰에 모여

들어 동쪽으로 가장 가까운 성 레오한이 불타고 주민들이 모두 살해당했다는 소식을 전했다. 이번에도 헬리콥터 몇 대와 레이저 총으로 무장한 사람 몇 명의 짓이었다. 레오한의 전사와 농부들은 반격 한 번 해보지 못하고 학살당했다. 할란의 사람들은 분노와 저항심으로 광분한 상태였고, 젊은 영주와 함께 말을 탄 피안을 보고 왜 그가 그곳에 있는지 듣자 경악을 금치 못했다. 안지언 최북단에 있는 이 요새 주민들은 대부분 피아의 일원을 본 적이 없었으나, 다들 피아를 전설의 피조물이요, 강력한 터부의 대상으로 알고 있었다. 자신들의 성채에 대한 공격이라면, 그것이 아무리 피비린내 나는 것이라 할지라도 그들의 전사관에 부합했다. 그러나 피아에 대한 공격은 신성 모독이나 다름없었다. 경악과 분노가 한데 몰아쳤다. 그날 밤 늦게, 탑 안 로캐넌의 방에까지 아래쪽 축연장의 소음이 들려왔다. 할란의 안기야르 전원이 모여 억수 같은 비유와 격한 과장법을 쏟아내 가며 적을 파멸시키고 절멸시키겠노라 맹세하고 있었다. 안기야르, 그들은 허풍쟁이들이었다. 복수심에 불타며, 자부심 강하고, 완고하고, 무식할뿐더러 "할 수 없다"는 동사에 해당하는 일인칭 표현을 아예 갖고 있지 않은 사람들. 그들의 전설 속에는 신이 나오지 않았다. 오직 영웅들만 있을 뿐.

느닷없이 멀리서 들려오는 소음을 뚫고 가까운 곳에서 목소리가 들렸다. 로캐넌은 소스라치게 놀라 통신기 튜너에 손을 올렸다. 마침내 적의 통신 주파수를 찾아낸 것이다. 목소리는 로캐넌이 알지 못하는 언어로 빠르게 지껄였다. 어지간한 행운이 아니고서야 적이 은하어를 쓸 리 없었다. 여기처럼 공식적으로 인정된 행성들과 아직 미지의 상태에 있는 행성들은 말할 것도 없고, 연맹원 사이에만도 수만 가지 언어가 있었다. 적의 목소리는 일련의 숫자를 읽었는데, 그 부분은 세티 어였기 때문에 로캐넌도 알아들을 수 있었다. 세티 인들은 수학적인 재능 면에서 뛰어나, 연맹 전체가 세티 수학을 썼고 따라서 세티 숫자가 일반적으로 쓰이기에 이르렀다. 로캐넌은 팽팽한 긴장 상태로 귀를 기울였지만 숫자만 이어질 뿐이어서 도움이 되지 않았다.

목소리는 갑자기 뚝 끊겼고, 지직거리는 소리만 남았다.

로캐넌은 자그마한 피안을 건너다보았다. 그는 로캐넌과 함께 있게 해달라고 했고, 지금은 말없이 여닫이 창 근처 바닥에 책상다리를 하고 앉아 있었다.

"조금 전 목소리는 적이었어, 쿄."

피안의 얼굴은 잠잠하기만 했다.

"쿄."

로캐넌은 그를 그렇게 불렀다. 피안을 칭할 때는 그가 속한 피아 마을의 안기야르 이름으로 부르는 것이 관습이었다. 피아 종족원들이 그렇게 불러서인지도 몰랐고, 어쩌면 개별적인 이름을 갖고 있지 않아서인지도 몰랐다.

"쿄, 시도해 보면 적의 마음을 들을 수 있을까?"

로캐넌은 피안의 마을에 한 번 방문했을 때의 짧은 기록에 1-B 종족은 단도직입적인 질문에 직접적으로 대답하는 일이 드물다고 적어놓았었다. 그는 그들이 미소 지으며 교묘히 피해 가던 것을 잘 기억하고 있었다. 그러나 외국어를 쓰는 땅에 홀로 남겨진 쿄는 로캐넌이 물어본 질문에 곧바로 대답했다.

"아니요."

그는 유순하게 말했다.

"다른 마을에 있는 다른 피아의 마음은 들을 수 있나?"

"약간은요. 그들과 함께 산다면, 아마도요……. 피아는 때로 다른 마을에 가서 살기도 하죠. 한때는 피아와 그데미아르가 하나의 동족으로 마음으로 이야기할 수 있었다고도 하지만, 그건 무척 오래전이에요. 듣기로는……."

그는 말을 끊었다.

"피아와 진흙족속은 사실상 하나의 종족이지. 이제는 너무나 다른 길로 갈라졌지만……. 그리고 무엇이 더 있지, 쿄?"

"듣기로는 아주 오래전 남쪽에는, 잿빛의 높은 땅에는 살아 있는 모든 이와 마음으로 말할 수 있는 이들이 살았대요. 그들은 어떤 생각이나 들을 수 있었죠. '오래된 이들', '가장 나이 많은 이들'……. 하지만 우리는 그 산맥에서 내려와 계곡과 동굴에 살았고, 더 어려운 방식은 잊어버렸어요."

로캐넌은 잠시 생각에 잠겼다. 할란이 있는 대륙 남쪽에는 산맥이 없었다. 지도가 첨부된 『은하계 제 8 지역 안내서』를 집어 드는데 아직 같은 주파수에 맞춰져 있던 통신기 소리에 숨이 딱 멎었다. 지금 흘러나오는 목소리는 아까보다 훨씬 희미하고 멀었으며 잡음의 파도 속에 잠겼다 떠오르기를 반복했지만, 하는 말은 은하어였다.

"6번, 나와라. 6번, 나와라. 여기는 휴게실. 나와라, 6번."

끝없이 같은 말이 되풀이되다가 멈추고, 다시 이어졌다.

"여기는 금요일. 아니, 여기는 금요일이다……. 여기는 휴게실. 거기 있나, 6번? FTL기들은 내일 도착할 예정이며 나는 7, 6 대피선과 통신망에 대한 완전 보고를 원한다. 불완전한 계획은 동부 파견대에 남겨라. 듣고 있나, 6번? 내일 기지와 앤서블 통신에 들어갈 예정이다. 대피선에 대한 정보를 즉각 넘겨주기 바란다. 7, 6 대피선이다. 불필요한……."

고조된 잡음이 목소리를 집어삼켰고, 다시 들리는 소리는 띄엄띄엄 이어질 뿐이었다. 10분 동안 잡음이 나오다가, 고요해졌다가, 띄엄띄엄 말소리가 들리고, 다시 더 가깝게 들리는 목소리가 끼어들어 아까와 같은 미지의 언어로 지껄였다. 계속 그런 식이었다. 로캐넌은 안내서 표지에 손을 올린 채 꼼짝하지 않고 계속 귀를 기울였다. 피안은 건너편 그림자 안에 가만히 앉아 있었다. 두 쌍의 숫자가 나오고, 반복. 두 번째에는 "도(度)"에 해당하는 세티 어가 귀에 들어왔다. 로캐넌은 공책을 펼치고 숫자를 받아 적었다. 그리고 마침내 귀를 기울이면서 안내서의 포말하우트 II 지도를 펼쳤다.

받아 적은 숫자는 28° 28 — 121° 40이었다. 이것이 위도와 경도 좌표라면……. 그는 한참 동안 지도 위로 고개를 숙이고 연필 끝으로 몇 번인가 텅 빈 바다 위를 찍었다. 그리고 서경 121도 북위 28도를 시도해 보니 바로 남서부 대륙 중간쯤에 있는 산맥 남쪽이 나왔다. 그는 지도를 응시하며 앉아 있었다. 통신기는 침묵에 빠져들었다.

"스타로드?"

"아무래도 자기들이 어디에 있는지 말해 준 것 같군. 아마도……, 그리고 그곳에는 앤서블이 있어."

그는 초점 없이 쿄를 향해 시선을 들었다 다시 지도를 내려다보았다.

"놈들이 그곳에 있다면……, 내가 그곳에 가서 놈들의 장난을 망쳐놓을 수 있다면, 내가 놈들의 앤서블을 이용해서 연맹에 한마디만 전할 수 있다면, 내가……."

남서부 대륙의 지도는 공중 촬영만으로 작성했고, 해안선 안쪽으로 산맥과 주요 강줄기밖에 그려져 있지 않았다. 몇 백 킬로미터가 미지의 세계로 남아 있었다. 그리고 목표 지점조차 추측에 지나지 않았다.

"하지만 그냥 이러고 앉아 있을 순 없어."

로캐넌은 그렇게 말하고 다시 시선을 들어, 작은 피안의 투명하고 이해할 수 없는 시선에 눈을 마주쳤다.

그는 돌바닥의 방 안을 서성거렸다. 통신기는 쉿쉿거리며 속삭였다.

유리한 점이 한 가지 있었다. 적은 로캐넌이 있다는 것을 모르고 있을 것이다. 놈들은 온 행성이 자기네 것이라고 생각하고 있었다. 하지만 유리한 점이라곤 그것뿐이었다.

"놈들의 무기를 써서 놈들에게 대항하고 싶군. 놈들을 찾아내 봐야 해. 남쪽 땅에서……. 쿄, 그대의 동족과 마찬가지로 내 동족들도 이 이방인들에게 살해당했다. 그대와 나는 둘 다 혼자이고, 우리 것이 아닌 언어를 말하지. 동행했으면 좋겠군."

그 스스로도 무슨 마음으로 그런 제안을 꺼냈는지 알 수 없었다.

피안의 얼굴에 미소의 그림자가 스쳤다. 그는 양손을 나란히 들어올렸다. 벽에 걸린 촛대에서 골풀 양초가 몸을 굽히고 나부끼며 모습을 변화시켰다.

"일찍이 방랑자는 동행을 선택한다 했지요. 한동안은."

"방랑자?"

로캐넌은 되물었지만, 이번에는 대답이 없었다.

3

성의 여주인은 돌 위로 치맛자락을 날리며 천천히 높은 홀을 가로질렀다. 그녀의 어두운 피부는 세월에 짙어져 성상의 검은 빛을 띠었고, 금발은 희게 바랬다. 그래도 여전히 그녀는 그 혈통의 아름다움을 간직하고 있었다. 로캐넌은 허리를 굽히고 그녀의 백성들이 하는 방식으로 인사를 건넸다.

"할란의 레이디, 두르할의 따님, 아름다운 할드레 만세!"

"나의 귀빈이신 로카난 만세."

그녀는 차분한 눈으로 그를 내려다보며 말했다. 대부분의 안기야르 여인들, 그리고 모든 안기야르 남자들처럼 그녀 역시 그보다 한참 키가 컸다.

"왜 남으로 가는지 말해 봐요."

그녀는 계속해서 느릿느릿 홀을 가로질러 걸었고, 로캐넌은 그 옆에서 걸었다. 그들 주위에 있는 것은 어두운 공기와 돌, 높은 벽에 걸린 어두운 태피스트리, 머리 위의 검정 서까래에 비스듬히 걸친 채광장으로 새어 들어오는 차가운 아침 햇살뿐이었다.

"적을 찾으러 갑니다, 레이디."

"그리고 그들을 찾으면?"

"그들의…… 그놈들의 성 안으로 들어가, 그들의…… 메시지 전달기를 사용해서 연맹에 놈들이 여기에, 이 세계에 있노라고 말해 주고자 합니다. 놈들은 여기에 숨어 있고, 연맹이 그들을 찾아낼 가능성은 매우 낮습니다. 세계는 바닷가 모래알처럼 많으니까요. 하지만 그들은 발견되어야 합니다. 놈들은 이곳에 해를 끼쳤고, 다른 세계에는 더욱 나쁜 짓을 할 겁니다."

할드레는 고개를 한 번 끄덕였다.

"가볍게 떠나고 싶다는 것은 사실입니까?"

"그렇습니다, 레이디. 먼 길이고, 바다를 건너야만 합니다. 그리고 놈들의 힘에 대항할 유일한 희망은 힘이 아니라 기술이지요."

늙은 여인은 말했다.

"스타로드여, 당신은 기술 이상의 것을 필요로 할 겁니다. 그것으로 족하다면 충성스러운 평민 네 명, 짐말 두 필과 안장을 채운 바람말 여섯 필, 낯선 땅에서 통행세를 요구할지 모르는 야만인들에 대비한 은덩이 몇 개, 그리고 내 아들 모지언을 딸려 보내지요."

"모지언이 함께 갑니까? 모두 엄청난 선물입니다만, 레이디, 그중에서도 가장 큰 선물입니다!"

그녀는 잠시 동안 투명하고 슬프고 흔들림 없는 시선으로 그를 보았다.

"기뻐하시니 나도 기쁘군요, 스타로드."

그녀는 다시 천천히 걷기 시작했고, 그는 곁을 지켰다.

"모지언이 가고 싶어 했습니다. 당신에 대한 애정과 모험에 대한 사랑으로. 그리고 위험천만한 일에 뛰어든 위대한 영주인 당신 역시 그의 동행하고자 하지요. 그러므로 따라가는 것이 그 아이의 길이라 생각합니다. 그러나 지금, 오늘 아침 '긴 홀'에서 해두는 말을 기억하고, 돌아올 때는 나의 비난을 두려워하지 말기 바랍니다. 나는 그 아이가 당신과 함께 돌아오리라 생각지 않아요."

"하지만 레이디, 그는 할란의 후계자입니다."

그녀는 말없이 계속 걸어 방 한쪽 끝, 날개 달린 거인들과 금발의 남자들이 싸우고 있는 그림이 수놓인 세월에 바랜 태피스트리 밑에서 몸을 돌렸고, 마침내 다시 입을 열었다.

"할란은 다른 후계자를 찾을 겁니다."

그녀의 음성은 차분했고 가혹하리만큼 냉정했다.

"당신네 스타로드들은 새로운 방식과 전쟁을 동반하여 다시 찾아왔습니다. 레오한은 흙으로 화했지요. 할란이 얼마나 오래 버틸까요? 세계 그 자체가 밤의 해변에 널린 모래알이 되어버렸습니다. 이제 모든 것이 바뀌고 있어요. 하지만 그래도 한 가지는 확실히 알아요. 나의 혈통에는 어둠이 드리워 있어요. 당신이 만났던 나의 어머니는 광기에 쫓겨 숲속으로 사라졌습니다. 아버지는 전투로, 남편은 배신으로 인해 죽었지요. 그리고 아들을 낳았을 때 내 영혼은 그 아이의 생이 짧으리라는 것을 내다보고 기쁜 가운데서도 비통해했지요. 그 아이로 인해 슬퍼하지는 않습니다. 그 아이는 안기야이며, 두 개의 검을 찬 영주입니다. 그러나 내 몫의 어둠은 살고 또 살고 그들 모두를 보내고도 계속 살아가면서 홀로 무너져가는 영지를 통치하는 겁니다……."

그녀는 다시 입을 다물었다가 말을 이었다.

"당신은 목숨을 위해서건 뜻을 이루기 위해서건 내가 드릴 수 있는 것보다 더 많은 보물이 필요할지도 모릅니다. 이것을 받으세요. 로카난, 나는 이것을 모지언이 아니라 당신에게 드립니다. 당신에게는 이 물건도 어둠을 드리우지 않습니다. 한때, 밤 저편의 도시에서 이것은 당신의 물건이 아니었던가요? 우리에게는 오로지 짐이요, 그늘이었을 뿐입니다. 다시 가져가세요, 스타로드여. 이것을 몸값으로든 선물로든 이용하세요."

그녀는 목에서 어머니의 삶으로 값을 치른 금과 푸른 보석의 목걸이를 풀어 로캐넌에게 내밀었다. 그는 부드럽고 차가운 금사슬 부딪는 소리를 들으며 두렵기까지 한 마음으로 목걸이를 받아 들고, 눈을 들어 할드레를 쳐다보았다. 그녀는 그를 마주 내려다보았다. 홀의 어둡고 깨끗한 공기 속에서 그녀의 푸른 눈은 검어 보였다.

"이제 내 아들을 데리고 당신의 길을 따라가십시오, 스타로드. 당신의 적이 자식 없이 죽기를."

성의 비행들을 채운 횃불 빛과 연기와 서두르는 그림자들, 짐승들과 사람들의 목소리, 소란과 혼돈 모두가 로캐넌을 태운 줄무늬 바람말의 날갯짓 몇 번에 저만치 멀어져 갔다. 이제는 아래쪽에 놓인 할란이 어두운 고갯길 위 희미한 빛의 점 정도로밖에 보이지 않았고, 들리는 것은 반쯤밖에 보이지 않는 넓은 날개가 올라갔다 내려가면서 공기를 때리는 소리뿐이었다. 등 뒤로 동편은 어슴푸레했고, 큰별이 밝은 수정처럼 타오르며 태양을 예고했지만, 그래도 아직 해가 뜨려면 한참 남은 시각이었다. 한 바퀴를 도는 데 서른 시간이 걸리는 이 행성에서는 낮과 밤, 여명과 황혼이 모두 서두르는 법 없이 위풍당당하게 행차했다. 그리고 계절의 보폭도 컸다. 지금은 춘분의 새벽이었고, 앞으로 400일의 봄과 여름이 기다리고 있었다.

로캐넌 뒤 높은 자리에 앉아 있던 쿄가 말했다.

"성에선 우리에 대한 노래를 부를 거예요. 방랑자와 그의 동행들이 어떻게 봄이 가로놓인 어두운 하늘을 가로질러서 남쪽으로 날아갔는지……."

그는 조금 웃었다. 그들 밑으로 안지언의 산과 풍요로운 들판들이 조금씩 조금씩 빛을 받아 회색 비단에 그린 풍경화처럼 펼쳐지더니 마침내 등 뒤로 당당한 태양이 떠오르자 찬란한 색채와 그림자로 빛났다.

정오가 되자 그들은 강둑에서 몇 시간을 쉬었다. 남서쪽으로 바다까지 이어지기에 따라서 날던 강줄기였다. 해 질 녘에는 같은 강 어느 굽이 곁, 안기야르의 성이 으레 그렇듯 산 위에 서 있는 작은 성에 내려앉았다. 그들은 그곳에서 영주와 그 식솔들의 환영을 받았다. 이 성의 영주는 피안이 할란의 영주와 네 명의 평민, 그리고 기묘한 억양으로 말하며 옷은 영주처럼 입었으되 칼은 차지 않았고 얼굴은 평민과 같이 흰 사람과 더불어 바람말을 타고 여행하는 것을 보고 호기심에 입이 근질거리는 게 분명했다. 안기야르와 올기요르 두 계급 사이에 대부분의 안기야르가 인정하는 것보다 많은 혼혈이 있음은 확실했다. 살빛이 엷은 전사들도 있었고, 금발의 하인들도 있었다. 하지만 이 "방랑자"는 너무나 이례적이었다. 로캐넌은 자신의 존재에 대한 더 이상의 소문을 원치 않았으므로 아무 말도 하지 않았고, 성주는 할란의 후계자에게 감히 질문을 던지지 못했다. 그러니 설령 그가 이상한 손님들이 누구였는지 알게 된다 하더라도 그것은 수년 후 어느 음유시인들의 노래를 통해서일 것이었다.

다음 날도 똑같이 흘렀다. 일곱 여행자는 아름다운 대지 위로 바람을 타고 날아, 그날 밤에는 강가 올기요르 마을에서 지냈고 사흘째에는 모지언에게도 낯선 땅에 들어섰다. 강은 우각호를 남기고 크게 구부러져 남쪽으로 향했고, 산은 끝나 긴 평원으로 이어졌으며 저 멀리 앞은 하늘과 잇닿아 밝게 빛났다. 그날 늦게 그들은 초호와 회색 모래사장이 길게 이어진 앞으로 큰 바다가 펼쳐지는 하얀 절벽 위에 우뚝 선 외딴 성에 도착했다.

로캐넌은 뻣뻣하게 굳고 지친 데다, 바람을 맞고 이리저리 흔들린 여파로 멍해진 채 말에서 내리며 이제껏 본 중에 가장 초라한 안기야르 요새라고 생각했다. 나지막하고 누추해 보이는 성채 양 날개 밑으로 오두막집 한 무리가 비 맞은 병아리들처럼 옹기종기 모여 있었다. 구불구불한 골목길에서 희고 땅딸막한 평민들이 가만히 그들을 쳐다보았다. 모지언이 말했다.

"진흙족과 교접이라도 한 듯한 생김새로군요. 바람을 잘못 탄 게 아니라면 여기가 성문이고, 성의 이름은 톨렌일 겁니다. 호! 톨렌의 영주여, 당신의 성문 앞에 손님이 왔소!"

성안에서는 아무 소리도 들려오지 않았다.

"톨렌의 성문이 바람에 흔들리고 있어요."

쿄가 말했고, 그들은 정말로 청동을 두른 나무 문이 돌쩌귀에 달린 채, 마을을 관통하며 불어오는 차가운 바닷바람에 흔들리는 모습을 보았다. 모지언은 칼끝으로 문을 밀어젖혔다. 그 안은 암흑, 푸드덕 날아오르는 날갯짓 소리, 그리고 축축한 냄새뿐이었다.

모지언이 말했다.

"톨렌의 영주들은 손님을 기다려주지 않았군. 흠, 야한, 저 못난 것들에게 말하여 우리가 밤을 보낼 곳을 찾아보라 일러라."

젊은 평민은 몸을 돌려, 성 앞마당 저쪽 끝에 모여 이쪽을 쳐다보던 마을 사람들에게 말을 걸었다. 한 명이 용기를 내어 앞으로 나서더니, 굽실절을 하고 해초를 뒤집어쓴 바닷가 동물처럼 게걸음을 치며 야한에게 더듬더듬 대꾸했다. 로캐넌은 올기요르 말을 드문드문 알아들을 수 있었고, 노인이 이 마을에는 페다나르를 모실 만한 집이 없다고 항변하고 있음을 추측해 냈다. 페다나르가 무엇인지는 모르겠지만. 키 큰 평민 라호가 야한을 거들어 사납게 말했지만, 노인은 그저 몸을 비틀고 굽실거리며 입 안으로 웅얼댈 뿐이었다. 마침내 모지언이 앞으로 나섰다. 그는 안기야르의 규칙에 따라 낯선 영지의 농노들에게 말을 걸지 못하게 되어 있었으나, 검 한 자루를 뽑아 차가운 바닷빛으로 반짝이는 칼을 치켜들었다. 노인은 양손을 펼쳐 보이고 울면서 돌아서더니 발을 질질 끌며 어두워가는 마을 골목길 안쪽으로 내려갔다. 여행자들은 그 뒤를 따랐고, 바람말들의 접은 날개가 양 옆의 낮은 갈대 지붕을 쓸었다.

"쿄, 페다나르가 뭐지?"

작은 사람은 미소 지었다.

"야한, 페다나르라는 건 무슨 말이지?"

솔직하고 성격 좋은 젊은 평민은 불편한 얼굴이었다.

"그게 말이죠, 페단이란……, 사람들 사이를 걷는……."

로캐넌은 대충 무슨 말인지 감을 잡고 고개를 끄덕였다. 아직 동맹자가 아닌 배우는 입장이었을 때 그는 계속 그들의 종교에 대해 탐구했다. 경전이나 교리 같은 것은 없어 보였으나 그들은 잘 믿는 사람들이었다. 주문과 저주, 이상한 능력을 기정사실로 받아들였으며, 자연과의 관계는 대단히 애니미즘적이었다. 그러나 신은 없었다. 페단이라는 말은 아무래도 초자연적인 냄새를 풍겼다. 그때에는 그 말이 로캐넌 자신을 가리킨다는 생각은 조금도 하지 못했다.

그들 일곱 명의 숙박을 위해 오두막이 세 채 필요했고, 덩치가 너무 커서 마을 어느 집에도 들일 수 없는 바람말들은 밖에 묶어야 했다. 짐승들은 한데 모여 살을 에는 바닷바람에 털을 곤두세웠다. 로캐넌의 줄무늬 말은 벽을 긁고 그르렁거리며 불평을 했지만 쿄가 나가서 귀를 긁어주자 잠잠해졌다. 모지언은 로캐넌과 함께 오두막을 데우는 불자리 곁에 앉아서 말했다.

"가엾은 놈, 곧 더 나쁜 일이 닥칠 텐데 말입니다. 녀석들은 물을 싫어하지요."

"할란에서 당신은 바람말이 바다 위를 날지 않을 거라고 했지요. 이 마을 사람들에겐 바람말을 태울 만한 배가 없음이 분명해요. 해협을 어떻게 건넌다?"

"땅을 그린 그림, 가지고 계십니까?"

안기야르에게는 지도라는 것이 없었고, 모지언은 안내서에 실린 지리학 조사도를 보고 반해 버렸다. 로캐넌은 이 세계 저 세계에 가지고 다닌 낡은 가죽 가방에서 책을 꺼냈다. 그 가방 속엔 우주선이 폭파당했을 때 가지고 있던 얼마 안 되는 장비가 들어 있었다. 안내서와 공책, 옷과 총, 의료 기구와 통신기, 테라의 체스 판과 너덜너덜한 헤인의 시집이 한 권. 처음에는 목걸이도 이 속에 넣어두었으나, 그 값어치의 중압감에 눌리다 못해 지난 밤 사파이어 펜던트를 부드러운 헤릴러 가죽 주머니에 감춰서 목에 걸었다. 부적처럼 보이도록, 그리고 그의 머리까지 달아나지 않는 한 잃어버리는 일이 없게 망토와 셔츠 밑에다.

모지언은 길고 단단한 손가락으로 두 갈래의 서부 대륙이 마주보는 지역의 윤곽선을 따라갔다. 안지언에서 남쪽으로 한참 가면 두 개의 깊은 만과 그 사이로 남쪽으로 굵게 뻗은 갑(岬)이 하나 나온다. 그리고 해협을 건너면 남서부 대륙의 북쪽 끝 곳이다. 모지언은 그곳을 피에른이라 불렀다.

"우린 여기에 있어요."

로캐넌은 저녁 식사에 나왔던 물고기 뼈를 갑 끄트머리에 놓으며 말했다.

"그리고 물고기를 먹는 이 비굴한 시골뜨기들이 하는 말이 진실이라면, 여기가 플레노트라는 성입니다."

모지언은 두 번째 생선 뼈를 첫 번째 것으로부터 반 인치 동쪽에 놓고 감탄했다.

"위쪽에서 보면 탑이 아주 비슷해 보이는군요. 할란으로 돌아가면 바람말을 탄 군사 백 명을 내보내 땅을 내려다보게 한 다음, 그들이 그린 그림을 가지고 돌에다 안지언 전역에 대한 큰 그림을 새겨야겠습니다.
플레노트에는 배가 있을 겁니다. 어쩌면 이곳, 톨렌의 배까지도 말입니
다. 이들 두 가난한 영주들은 서로 반목하고 있어요. 그래서 톨렌이 지금
은 바람과 밤으로만 가득한 겁니다. 노인이 야한에게 한 이야기입니다."

"플레노트에서 우리에게 배를 빌려줄까요?"

"플레노트는 우리에게 아무것도 빌려주지 않을 겁니다. 플레노트의
영주는 에란트지요."

안기야르 영지들 사이에서의 복잡한 관계 언어로, 에란트란 나머지
영주들에게 파문당한 무법자라는 뜻이었다. 즉 환대와 보복, 손해 배상
등의 규칙에 얽매이지 않는 영주인 것이다.

모지언은 잠을 자기 위해 칼띠를 풀며 말했다.

"그에게는 바람말이 두 마리뿐입니다. 그리고 듣자 하니 그의 성은 나
무로 지었다더군요."

다음 날 아침 바람을 타고 나무 성으로 날아가자 그들이 탑을 본 것과
거의 동시에 위병도 그들을 발견했다. 즉시 성의 두 마리 바람말이 날아
올라 탑 주위를 돌았다. 이윽고 활을 들고 창 틈으로 몸을 내미는 작은
형체들을 알아볼 수 있었다. 확실히 에란트 영주는 친구들의 방문을 반
기지 않았다. 로캐넌 역시 이제는 왜 안기야르 성이 지붕을 높게 이는지
이유를 알았다. 지붕이 높으면 내부가 동굴 같고 어둡기는 하지만, 공중
에서 오는 적을 막기가 좋다. 바다 위 검은 돌곶에 앉은 플레노트는 평민
들의 마을 하나 없는 작은 곳이었다. 톨렌보다도 더 조잡했다. 하지만 아
무리 가난하다 해도 여섯 명으로 그 성을 제압할 수 있다는 모지언의 자
신감은 지나친 것 같았다. 로캐넌은 안장에 매인 허벅지 끈을 확인하고,
모지언이 준 기다란 공중 전투용 창을 고쳐 쥐고는, 자신의 운과 자기 자

신을 저주했다. 여긴 마흔세 살의 민족지학자가 나설 곳이 아니었다.

앞쪽에서 검은 말을 타고 날던 모지언은 창을 들어올리며 고함을 질렀다. 로캐넌의 말은 머리를 숙이고 전속력으로 돌진했다. 검은색과 회색의 날개가 바람개비처럼 위아래로 번득였다. 길고 두꺼우면서도 가벼운 바람말의 몸은 강한 심장 박동으로 두근거리며 팽팽히 조여들었다. 휙 소리와 함께 바람이 귓가를 스치며, 길들인 그리폰 두 마리가 빙글빙글 돌고 있는 짚을 인 플레노트의 탑에 충돌할 것 같았다. 로캐넌은 긴 창을 비스듬히 겨누고 바람말의 등에 납작 엎드렸다. 행복감이 솟아오르며 의기양양한 느낌이 들었다. 그는 바람을 타며 작게 소리 내어 웃었다. 흔들리는 탑과 날개 달린 두 경비가 점점 가까워지고, 갑자기 귀청을 찢을 듯한 가성을 올리며 모지언이 창을 집어던졌다. 공기를 꿰뚫는 은빛 화살. 창은 한쪽 기수의 가슴을 정통으로 때렸고, 그 충격으로 기수는 허벅지 끈이 끊기면서 말 허리에서 떨어져 천천히 선명한 호를 그리며 삼백 피트 밑, 조용히 바위에 포말을 일으키는 파도 속으로 사라졌다. 모지언은 기수 없는 말을 그대로 지나쳐 다른 경비병과 전투를 재개, 적수가 던지는 대신 찌르고 막는 데 쓰고 있는 창을 넘어서 검으로 일격을 가하려 했다. 흰색, 회색의 바람말을 탄 네 명의 평민들은 전투 비둘기들처럼 주변을 맴돌며, 언제든 도울 태세를 갖추되 주군의 결투를 방해하지는 않으면서 아래쪽 궁수들이 말의 가죽 배 갑옷을 꿰뚫지 못할 만한 높이를 유지했다. 그러다가 어느 순간 갑자기 네 명이 다 신경이 곤두서는 가성의 고함을 올리며 두 사람의 싸움에 접근했다. 잠시 동안 흰 날개가 매듭을 짓고 반짝이는 강철은 허공에 매달렸다. 다음 순간 그 매듭에서 하나의 형체가 떨어졌다. 늘어진 사지를 이쪽저쪽으로 뒤채는 것이 마치 편한 자리를 찾아 공중에 누우려 하는 듯한 모습이더니, 다음 순간에는 성의 지붕을 때리고 그 아래 단단한 바위 선반으로 미끄러졌다.

로캐넌은 이제야 왜 평민들이 결투에 끼어들었는지 알 수 있었다. 경비병이 규칙을 어기고 기수가 아니라 말을 공격했던 것이다. 모지언의 바람말은 검은 날개 한쪽에 자줏빛 피를 흘리며 힘겹게 내륙의 모래 언덕으로 향했다. 평민들은 앞으로 튀어나가, 성안에 있는 안전한 마구간으로 돌아가려 용을 쓰며 계속 선회하고 있는 두 마리의 기수 없는 말을 뒤쫓았다. 로캐넌은 그들을 피해 진로를 틀어 성의 지붕 바로 위로 말을 몰았다. 그는 라호가 긴 밧줄을 던져 한 마리를 사로잡는 것을 보았고, 같은 순간 다리에 뜨끔한 통증을 느꼈다. 그가 펄쩍 튀어 오르는 바람에 흥분해 있던 말이 화들짝 놀랐다. 그는 고삐를 지나치게 세게 당겼고, 말은 등을 활처럼 휘며, 처음으로 그에게 반항하여 미친 듯 날뛰며 성 위를 실주했다. 화살이 거꾸로 내리는 비처럼 쏟아졌다. 평민들과 눈빛이 사나운 노란 말에 탄 모지언이 고함을 지르고 큰 소리로 웃어대며 로캐넌 옆을 지나쳤다. 그의 말도 자세를 바로 하여 그들을 따랐다.

"잡으십시오, 스타로드!"

야한이 외쳤고, 무엇인가가 혜성처럼 검은 꼬리를 끌며 포물선을 그렸다. 로캐넌은 자기 방어의 본능으로 그 물건을 잡았고, 그게 불이 붙은 송진 횃불이라는 것을 깨닫고는 다른 사람들과 합세하여 탑 주위를 가까이 돌며 짚을 인 지붕과 나무로 만든 대들보에 불을 붙이려 했다.

"왼쪽 다리에 화살을 맞았군요."

모지언이 로캐넌 옆을 지나며 말했다. 로캐넌은 호탕하게 웃으며 궁수 한 명이 기댄 창문 틈으로 횃불을 던져 넣었다.

"잘 맞히셨습니다!"

모지언은 그렇게 외치고 탑의 지붕을 향해 뚝 떨어졌다가 치솟는 불길과 함께 다시 솟아올랐다.

야한과 라호는 모래 언덕에서 불을 붙여놓았던 횃불 더미를 더 가져와서 어디든 불이 붙을 만한 이엉이나 나무가 보이는 곳마다 떨어뜨렸다. 탑은 이제 울부짖는 불꽃의 샘이었고, 계속 고삐가 죄이고 불똥에 맞아 화가 난 바람말들은 듣기 끔찍한 노호를 뱉으며 계속 성의 지붕을 향해 돌진해 내려갔다. 위로 쏟아지던 화살 비는 멈췄고, 한 남자가 허둥지둥 성 앞마당으로 달려 나왔다. 머리에는 나무로 만든 샐러드 그릇 같은 것을 뒤집어썼고, 손에는 물이 가득한 사발을 들고 있었다. 로캐넌은 처음에 그가 손에 거울을 들고 있는 줄 알았다. 모지언은 아직도 마구간으로 돌아가고 싶어 용을 쓰고 있는 노란 짐승의 고삐를 잡아채어 그 남자 위로 날아가서 외쳤다.

"빨리 말하라! 부하들이 새로운 횃불을 붙이고 있으니!"

"어느 영지에서 오셨소, 영주여?"

"할란이다!"

"플레노트의 에란트가 불을 끌 시간을 요청하오, 할란의 영주여!"

"톨렌 사람들의 목숨과 보물에 맞바꾸어 받아들이겠다."

"그렇게 하리다."

그 남자는 그렇게 외치고, 여전히 물이 가득한 그릇을 받쳐 든 채 종종걸음을 쳐서 성 안으로 돌아갔다. 공격자들은 모래 언덕으로 물러나 플레노트의 주민들이 서둘러 펌프로 달려가고 바다에서부터 물을 퍼올 양동이 부대를 배치하는 것을 지켜보았다. 여자들까지 포함해도 수십 명밖에 되지 않았다. 불이 꺼지자 한 무리가 정문으로 걸어 나와, 바위곶을 넘어 모래 언덕으로 올라왔다. 앞장선 남자는 키가 크고 말랐으며, 다갈색 피부에 안기야르 특유의 불꽃 같은 머리카락을 지니고 있었다. 그 뒤로 두 병사가 샐러드 그릇 같은 투구를 쓴 채 따라왔고, 그 뒤로 남루한 남녀 여섯 명이 당황하여 두리번거리면서 따라왔다. 키 큰 남자는 물이 가득 든 진흙 사발을 양손으로 받쳐 들었다.

"이 영지의 에란트 영주, 플레노트의 오고렌입니다."

"할라의 후계자 모지언이오."

"톨렌 주민들의 목숨은 당신의 것입니다, 영주여."

그는 뒤에 선 남루한 이들 쪽으로 고개를 끄덕였다.

"톨렌에 보물은 없었습니다."

"두 척의 배가 있었을 거요, 에란트."

그러자 오고렌은 쓸쓸하게 말했다.

"북에서 날아온 용은 모든 것을 보는군요. 톨렌의 배는 당신의 것입니다."

"배가 톨렌 부두에 도착하면 그대의 바람말을 되찾게 될 거요."

모지언은 관대하게 말했다.

"제가 또 어느 영주에게 패배했는지 알 수 있을지요?"

오고렌은 안기야르 전사의 마구와 청동 갑옷을 모두 갖췄으나 검은 지니지 않은 로캐넌을 곁눈으로 보며 물었다. 모지언 역시 친구를 돌아보았고, 로캐넌은 마음속에 떠오른 첫 번째 별명을 이야기했다. 쿄가 불렀던 이름, 방랑자라는 뜻의 "올호르".

오고렌은 호기심 어린 눈으로 그를 보더니 모지언과 로캐넌 양쪽 모두에게 절을 하고 말했다.

"사발은 가득 찼습니다."

"물이 쏟아지지 않고 협정이 깨지지 않기를!"

오고렌은 자유를 찾아 모래 언덕 위에 모여 선 죄수들에게는 눈길 한 번 주지 않고 몸을 돌려, 두 부하와 함께 연기가 피어오르는 성채로 돌아갔다. 모지언은 풀려난 이들에게 "내 바람말을 데려가라. 날개를 다쳤다."라는 말밖에 하지 않고, 플레노트의 노란색 바람말에 다시 올라 날아올랐다. 로캐넌은 터벅터벅 집으로, 자신들의 황폐한 영지로 걸음을 옮기는 애처로운 이들을 돌아보며 모지언의 뒤를 따랐다.

톨렌에 도착했을 때에는 전투혼도 백기를 들었고, 로캐넌은 다시금 스스로를 저주했다. 모래사장에 내려앉았을 때 보니 정말로 왼쪽 넓적다리에 화살이 꽂혀 있기는 했지만 뽑기 전까지만 해도 통증은 없었다. 그는 화살을 뽑으면서 살촉에 미늘이 있는지 계속 살폈다. 미늘이 있었다. 안기야르가 독을 쓰지 않는 것은 확실했지만 패혈증의 위험은 언제나 있었다. 동료들의 순수한 용기에 마음이 흔들린 그는 이 침략에서 투명한 보호복을 입는 것은 부끄러운 일이라고 생각했었다. 덕분에 레이저 총도 막아낼 수 있는 갑옷을 지니고서, 청동 화살촉에 긁힌 상처 때문에 이 빌어먹을 오두막에서 죽을 수도 있는 상황이었다. 한 행성을 구하겠답시고 나서서 제 피부 하나 보호하지 못하다니.

할란에서 따라온 하인들 중 제일 나이가 많고, 조용하고 땅딸막한 이오트가 들어오더니 차분하게 무릎을 꿇고 로캐넌의 상처를 씻어낸 다음 붕대를 감아주었다. 뒤이어 모지언이 들어왔다. 앞꽂이 장식이 달린 투구를 써서 10피트는 더 커 보였고, 단단한 날개 같은 망토 견장 때문에 어깨도 5피트는 더 넓어 보였다. 낯선 종족의 전사들 사이에 선 어린아이처럼 말이 없는 쿄가 그 뒤를 따랐다. 그 다음엔 야한이, 그리고 라호가, 그리고 비엔이 들어와 모두 불구덩이 주위에 쪼그려 앉으니 오두막이 삐걱거릴 지경이었다. 야한은 은으로 테를 두른 술잔 일곱 개를 채웠고, 모지언이 엄숙하게 잔을 돌렸다. 그들은 술을 마셨다. 로캐넌은 기분이 나아지기 시작했다. 모지언이 상처는 어떠냐고 묻자 한결 더 기분이 좋아졌다. 그들은 바스칸을 더 마셨고, 그러는 동안 황혼에 물든 바깥 골목길에서 겁먹은 동시에 탄복한 얼굴로 마을 사람들이 슬쩍슬쩍 안을 들여다보았다. 로캐넌은 자비로운 영웅이 된 것만 같은 기분이었다. 그들은 식사를 하고 술을 더 마셨으며, 그런 다음에는 연기 냄새와 구운 생선 냄새, 마구 손질용 기름과 땀 냄새가 뒤엉킨 숨 막히는 오두막 안에서 야한이 은으로 현을 맨 청동 리라를 들고 일어나 노래를 불렀다. 그는 붉은 군주가 다스리던 시절, 보른의 늪지대에서 코르할트의 죄수들을 풀어준 할란의 두르홀데를 노래했다. 그리고 그 전투에 참여했던 모든 전사들의 계보와 그들 각자의 공헌을 읊은 후 곧장 톨렌 주민들의 해방과 플레노트 탑의 화재, 화살의 비 속을 뚫고 타오르던 방랑자의 횃불, 할라의 후손 모지언이 사한 위대한 일격, 오래선 헨닌의 빗나가지 않는 창처럼 표적을 찾아 바람을 가르던 모지언의 창을 노래했다. 로캐넌은 취하고 만족하여 앉은 채 노래의 강을 타면서, 이제는 밤의 심연을 건너 이방인으로 찾아온 이 세계에 자신의 피를 흘림으로써 완전히 받아들여졌다고, 완전히 이곳과 맺어졌다고 느꼈다. 다만 그는 이따금씩 옆에 홀로 떨어져 미소 지으며 침묵을 지키는 작은 피안의 존재를 느꼈다.

4

바다는 비를 맞아 안개가 자욱한 가운데 길게 물결치며 뻗어나갔다. 세상에는 아무 색채도 남아 있지 않았다. 두 마리 바람말은 날개가 묶인 채 고물에 매여 길고 구슬프게 울었고, 비와 안개를 뚫고 파도 건너 저쪽 배에서 서글픈 메아리가 돌아왔다.

그들은 로캐넌의 다리가 완쾌되고 검은 바람말이 다시 날 수 있을 때까지 기다리며 톨렌에서 한참을 보냈다. 대외적인 이유는 그것이었지만 사실은 모지언이 떠나는 것을, 건너야만 할 바다를 건너는 것을 내켜하지 않았기 때문이었다. 그는 혼자 톨렌 아래 초호들 사이의 회색 모래사장을 거닐며, 아마도 어머니 할드레에게 찾아들었던 예감과 싸우는 듯했다. 그가 로캐넌에게 할 수 있는 말은 바다의 소리와 모습에 마음이 무거워진다는 것뿐이었다. 마침내 검은 말이 완전히 회복하자 그는 돌연 비엔의 인도하에 녀석을 할란으로 돌려보내기로 결정했다. 마치 귀하게 여기는 무엇인가를 위험으로부터 구하려는 것처럼. 그들은 또한 두 마리의 짐말과 대부분의 짐을 아직까지 성의 바람 구멍을 막아보려 살금살금 돌아다니고 있는 늙은 톨렌 영주와 그 조카들에게 남겨두자는 데 동의했다. 그래서 지금 비 내리는 바다에 나온 두 척의 용머리 배에는 여섯 명의 여행자와 다섯 마리의 바람말뿐이었다. 모두 흠뻑 젖은 상태였고 대부분이 투덜거리며 불만을 토로했다.

침울한 얼굴을 한 톨렌의 어부가 한 척에 두 명씩 올라 배를 조종했다. 야한은 오래전에 죽은 어느 왕에 대한 길고 단조로운 만가로 사슬에 매인 말들을 달래려 하고 있었다. 로캐넌과 피안은 망토를 두르고 머리 위로 두건을 눌러쓴 채 이물에 있었다.

"쿄, 언젠가 남쪽에 있는 산맥에 대해 이야기했지."

"그랬죠."

작은 인종은 잽싸게 북쪽, 보이지 않는 안지언의 해안선을 쳐다보며 대답했다.

"남쪽 땅 피에른에 사는 사람들에 대해 아는 게 좀 있나?"

그의 안내서는 별 도움이 되지 않았다. 결국은 그가 조사팀을 데려온 것도 안내서에 남아 있는 엄청난 공백을 메우기 위해서였으니 당연한 일이었다. 책에서는 이 행성의 고도 지성 생명체를 다섯 종으로 가정했으나, 설명이 붙은 종은 셋뿐이었다. 안기야르/올기요르, 피아와 그데미아르, 그리고 행성 반대편에 있는 거대한 동부 대륙에서 발견된 비인간형의 종족까지. 남서부 대륙에 대한 지리학자들의 기록은 이것뿐이었다. 미확인 종족 4: 넓은 도시(?)에 사는 것으로 알려진 거대한 인간형 종족. 미확인 종족 5: 날개 달린 유대류. 이런 내용은 쿄와 엇비슷한 정도의 도움밖에 주지 못했다. 쿄는 종종 로캐넌이 자신이 던지는 모든 질문의 답을 안다고 믿는 듯 보였다. 그는 선생님에게 질문받은 학생처럼 대답했다.

"피에른에는 '오래된 종족'이 살지요. 그렇지 않나요?"

로캐넌은 거대한 짐승들이 묶인 채 울부짖고, 빗방울은 차갑게 목을 타고 흘러내리는 가운데 남쪽으로 베일에 싸인 땅을 가린 안개 속을 응시하는 것으로 만족해야 했다.

해협을 건너는 동안 그는 한 번인가 머리 위로 헬리콥터 소리를 들은 것 같다고 생각했고, 안개가 그들을 감춰준다는 데 안도했다. 그러고 나서 그는 어깨를 으쓱했다. 무슨 상관인가? 이 행성을 성간 전쟁을 위한 기지로 이용하고 있는 군대가 열 명의 남자와 너무 큰 집고양이 다섯 마리쯤이 물이 새는 배 두 척을 타고 빗속에 흔들거리는 광경을 본다 한들 겁을 먹을 리가 없는데…….

그들은 변함없는 비와 파도의 원 안에서 항해를 계속했다. 물에서 몽롱한 어둠이 피어올랐다. 길고 추운 밤이 지나갔다. 회색 빛이 강해지며 안개와 비, 파도를 보여주었다. 그러더니 갑자기 침울한 뱃사람 두 명이

활력을 찾아 키를 잡고, 걱정스러운 눈으로 앞을 노려보았다. 느닷없이 배 위로 불쑥 벼랑이 나타났다. 휘몰아치는 안개 때문에 부분 부분만 드러났다. 절벽 밑을 따라가노라니 돛보다 한참 위에 둥근 돌이며 바람에 굽은 나무들이 튀어나와 있었다.

야한은 사공 하나에게 뭔가를 물어보더니 말했다.

"우린 여기서 큰 강 어귀를 지날 것인데, 반대편이 유일하게 배를 댈 수 있는 곳이랍니다."

야한이 말하는 동안에도 머리 위에 걸려 있던 돌덩이들은 안개 속으로 다시 떨어지고 더 짙은 안개가 배 위에 소용돌이쳤다. 배는 용골을 때리는 새로운 물살에 삐걱거렸다. 뱃머리에서 히죽 웃고 있는 용머리가 흔들리며 빙그르르 돌았다. 공기는 희고 불투명했다. 배 옆을 때리며 끓어오르는 물은 불투명한 붉은색이었다. 뱃사람들은 서로 고함을 치고, 건너편 배에 소리를 질렀다. 야한이 말했다.

"강이 범람했답니다. 배를 돌리려고 하……. 꽉 잡으세요!"

배가 균형을 잃고 역류에 흔들리며 회전하자 로캐넌은 쿄의 팔을 잡았다. 사공들은 미친 듯 춤을 추는 배를 안정시키기 위해 싸우고, 눈먼 안개는 물을 감추고, 바람말들은 공포에 질려 으르렁거리며 날개를 펴려고 날뛰었다.

안개를 실은 돌풍에 안 그래도 다루기 힘든 배가 뒷걸음질을 치고 흔들리는 중에도 용머리는 다시 앞쪽을 향해 고정되는 것 같았다. 다음 순간 돛이 철썩 소리를 내며 물을 때리더니 풀에 붙은 듯 수면에 들러붙은 채 배 전체를 끌어당겼다. 붉고 뜨뜻한 물이 소리 없이 로캐넌의 얼굴까지 차올라 입과 눈을 채웠다. 그는 손에 잡혀 있는 것을 꽉 붙잡은 채 공기를 찾아 허우적거렸다. 그가 잡고 있던 것은 쿄의 팔이었고, 그들 둘은 피처럼 따뜻한 거친 바다 속에서 버둥거리며 파도에 밀리고 끌려 뒤집힌 배에서 점점 멀어져 갔다. 로캐넌은 도와달라고 외쳤고, 그의 목소리는 바다 위에 깔린 텅 빈 안개의 침묵 속에 빨려 들어가 사라져버렸다. 해변이 있었던가, 어느 쪽이었지, 얼마나 멀었지? 그는 쿄를 팔에 매단 채 어슴푸레한 배의 윤곽을 좇아 헤엄쳤다.

"로카난!"

새하얀 혼돈을 뚫고 불쑥 다른 배의 용머리가 히죽 웃으며 모습을 드러냈다. 모지언이 배 밖에서 물살과 싸우며 밧줄을 손에 쥐고 쿄의 가슴에 둘렀다. 로캐넌은 모지언의 얼굴을 또렷이 볼 수 있었다. 아치형의 눈썹과 물에 젖어 어두워진 금발머리. 배에서 그들을 끌어올렸다. 모지언이 마지막으로 올라갔다.

야한과 톨렌에서 온 어부 한 명은 떨어지자마자 구조되었다. 다른 한 명의 어부와 두 마리 바람말은 뒤집힌 배 밑에 갇혀 익사했다. 그들은 이제 만에서 충분히 멀리 떨어졌고 강의 격류와 협곡의 바람은 약해졌다. 흠뻑 젖은 데다 입을 꾹 다문 남자들로 꽉 찬 배는 붉은 물과 휘감기는 안개 속을 뚫고 흔들리며 전진했다.

"로카난, 어떻게 하나도 젖지 않은 겁니까?"

로캐넌은 멍한 상태로 젖은 옷을 내려다보았고 무슨 말인지 이해하지 못했다. 추위에 덜덜 떨던 쿄가 미소 지으며 대신 답했다.

"방랑자는 두 번째 피부를 입고 있어요."

그제야 로캐넌은 무슨 말인지 이해하고 모지언에게 보호복의 "피부"를 보여주었다. 지난 밤, 축축한 추위 때문에 방한용으로 이 옷을 입고 머리와 손만 남겨두었었다. 덕분에 그는 아직도 그 옷을 입은 채였고, 바다의 눈동자 역시 아직 가슴께에 감춰져 있었다. 하지만 통신기와 지도,

총, 그 밖에 문명과의 연결 고리는 모두 사라져버렸다.

"야한, 너는 할란으로 돌아간다."

하인과 주인은 안개 속에서 발까지 파도가 밀려드는 남쪽 땅 해안에 서서 서로를 마주보았다. 야한은 대답하지 않았다.

이제 사람은 여섯인데 바람말은 세 마리였다. 쿄는 평민 하나와 함께 탈 수 있었고 로캐넌도 다른 사람과 탈 수 있었지만, 모지언은 한 사람을 더 태우고 멀리까지 가기엔 너무 무거웠다. 바람말을 아끼려면 세 번째 평민은 톨렌으로 가는 배를 타고 돌아가야 했다. 모지언은 가야 할 사람을 제일 어린 야한으로 정했다.

"너를 돌려보내는 것은 잘못한 일이 있어서도 제대로 하지 못한 일이 있어서도 아니다, 야한. 가라. 사공들이 기다린다."

하인은 움직이지 않았다. 그의 뒤에서 수부들은 식사를 하느라 피웠던 불을 걷어차고 있었다. 짧은 시간이지만 희미한 불꽃이 안개 속으로 날아올랐다.

야한이 속삭였다.

"모지언 영주님, 이오트를 돌려보내십시오."

모지언은 얼굴이 어두워지더니 검자루에 손을 올렸다.

"가라, 야한!"

"가지 않겠습니다."

검은 스릉 소리를 내며 칼집에서 빠져나왔고, 야한은 절망에 찬 비명을 내지르며 뒷걸음치다가 돌아서서 안개 속으로 사라졌다.

모지언은 무표정한 얼굴로 뱃사람들에게 말했다.

"그를 기다렸다가 갈 길을 가도록. 우린 이제 우리 갈 길을 찾아야겠군. 작은 영주여, 날지 못하는 동안 내 말에 타겠나?"

쿄는 몹시 추운 것처럼 몸을 웅크리고 앉아 있었다. 그는 그들이 피에른 해변에 내린 후 아무것도 먹지 않았고 한마디 말도 하지 않았다. 모지언은 쿄를 회색 말의 안장 위에 앉히고, 바람말의 머리 옆에서 걸으며 앞장서서 내륙으로 들어갔다. 로캐넌은 야한이 사라진 뒤쪽을 돌아보다가 앞에 선 모지언에게 눈을 돌려, 차가운 분노에 휩싸여 사람을 죽이려다가 바로 다음 순간 친절하게 말을 걸다니 얼마나 묘한 존재인가 생각했다. 오만함과 충실함, 무례함과 친절함. 그 지극한 부조화 속에서 모지언은 진정 군주다웠다.

이쪽 만 후미 동편에 촌락이 하나 있다는 어부의 말에 따라 그들은 부드러운 돔처럼 주위를 감싼 희끄무레한 안개 속에서 동쪽으로 향했다. 바람말에 오르면 뒤덮인 안개 위로 올라갈 수도 있겠지만, 이틀 동안이나 배에 묶여 있느라 지치고 부루퉁해진 녀석들은 날지를 않았다. 모지언과 이오트, 라호가 앞장섰고 로캐넌은 그 뒤를 따르며 슬쩍슬쩍 야한이 사라진 쪽을 돌아보았다. 야한은 로캐넌이 제일 좋아하는 평민이었다. 로캐넌은 보온을 위해 머리 부분만 남기고 바깥 세계로부터 완전히 차단시켜 주는 보호복을 입은 상태였다. 그래도 앞이 보이지 않는 안개 속에서 미지의 해안을 걷는다는 것은 쉽지 않았다. 그래서 그는 지팡이나 아니면 막대기 정도라도 없을까 싶어 모래 위를 유심히 살폈다. 바람말이 날개를 끌어 남긴 홈과 끈처럼 늘어진 해초와 말라붙은 소금 거품 사이로, 바다에 떠내려온 긴 흰색 나무 막대가 보였다. 그 지팡이로 모래를 짚자 전보다 편했고, 무장을 한 것 같은 느낌이 들었다. 하지만 걸음을 멈추는 바람에 한참을 뒤떨어져 버렸다. 그는 안개 속을 뚫고 서둘러 동료들의 자취를 좇았다. 오른쪽에 불쑥 사람 그림자가 하나 나타났다.

그는 그것이 동료가 아님을 바로 알아차리고 지팡이를 육척봉처럼 고쳐 쥐었지만, 뒤쪽에서 뻗어온 손에 붙들려 뒤로 넘어갔다. 젖은 가죽 같은 것이 입을 찰싹 때렸다. 그는 풀려나고자 몸부림을 쳤고 그 대가로 머리에 한 방을 맞아 정신을 잃었다.

고통스럽게, 조금씩 정신을 차리고 보니 그는 모래밭에 등을 대고 누워 있었다. 흐릿하게 보이는 높고 육중한 형체 둘이 장황하게 말다툼을 하고 있었다. 올기요르 말씨라 부분적으로밖에 알아들을 수 없었다. "여기 놔두자." 한쪽이 이렇게 말하자, 다른 쪽은 "여기서 죽여버려. 가진 것도 없잖아." 비슷하게 말했다. 로캐넌은 몸을 옆으로 굴리고 보호복의 머리 부분을 당겨 올려 썼다. 거인 하나가 몸을 돌려 그를 내려다보았다. 거인이 아니라 모피를 껴입은 억센 평민일 뿐이었다. "즈가마에게 데려가. 즈가마가 원할지도 몰라." 반대쪽 사람이 말했다. 잠시 논의가 오가더니 두 사람은 로캐넌의 팔을 잡아당겨 질질 끌고 달려갔다. 로캐넌은 저항했지만, 머리가 빙빙 돌았고 안개가 두뇌를 점령해 버린 상태였다. 그는 어두워가는 안개, 목소리들, 나무 막대와 진흙과 섞어 짠 이엉으로 만든 벽, 횃대에서 타오르는 횃불 같은 것들을 감지했다. 그리고 머리 위의 지붕, 그리고 더 많은 목소리들, 그리고 어둠. 그리고 마침내 돌바닥에 얼굴을 처박은 그는 정신을 차리고 고개를 들었다.

가까이 오두막집만 한 화톳불에서 긴 불길이 타올랐다. 맨다리와 너덜너덜한 펠트 옷단이 그 앞에 울타리를 쳤다. 로캐넌은 머리를 좀 더 들어 한 남자의 얼굴을 보았다. 흰 피부에 검은 머리카락, 평민이었다. 턱수염이 무성했고, 녹색과 검은색 줄무늬 모피를 걸쳤으며, 머리에는 네모난 털모자를 쓰고 있었다.

"너는 무엇이냐?"

그자는 로캐넌을 내려다보며 귀에 거슬리는 중저음으로 물었다.

"이 홀의 환대를 청하오."

로캐넌은 겨우 무릎을 꿇고 앉는 데까지 성공하여 말했다. 지금으로서는 이 이상 몸을 일으킬 수가 없었다.

턱수염을 기른 남자는 뒤통수에 난 혹을 만지는 로캐넌을 보며 말했다.

"이미 우리의 환대를 받은 것 같은데. 더 받고 싶나?"

그자를 둘러싼 흰 얼굴들이 히죽 웃고 검은 눈이 번득이자 진흙투성이 다리와 모피 넝마들이 춤을 추었다.

로캐넌은 일어서서 몸을 바로 세웠다. 그는 입을 열지 않고 움직이지도 않으며 균형을 찾고 머리를 두드리는 통증이 가라앉기를 기다렸다. 그는 머리를 들이 그를 사로잡은 자의 빛나는 검은 눈을 똑바로 늘여다보았다.

"당신이 즈가마로군."

턱수염을 기른 남자는 겁을 먹은 듯 몇 발짝 뒤로 물러섰다. 몇 개의 행성에서 고비에 처한 경험이 있는 로캐넌은 여세를 몰아 최대한 이로운 위치를 점하려 했다.

"나는 올호르, 방랑자다. 나는 북에서, 바다에서, 태양 뒤편에 있는 땅에서 왔다. 나는 평화로이 왔으며 평화로이 떠난다. 나는 즈가마의 홀을 지나 남쪽으로 간다. 어떤 인간도 나를 막지는 못하리라!"

"아아."

로캐넌을 응시하던 흰 얼굴들이 일제히 입을 벌려 탄성을 뱉었다. 로캐넌은 흔들림 없는 눈을 계속 즈가마에게 붙박았다.

덩치 큰 사내 즈가마는 거칠고 귀에 거슬리는 목소리로 말했다.

"나는 이곳의 주인이다. 아무도 내 홀을 지나가지 못해!"

로캐넌은 말을 하지도, 눈을 깜박이지도 않았다.

즈가마는 이 눈싸움에서 자신이 지고 있음을 알았다. 그의 부하들은 여전히 둥그런 눈으로 이방인을 바라보았다. 즈가마는 큰 소리로 고함 쳤다.

"그런 눈으로 쳐다보지 마라!"

로캐넌은 움직이지 않았다. 그는 상대의 반항적인 성품을 건드렸음을 깨달았지만 전술을 바꾸기엔 이미 너무 늦어 있었다.

"그만 쳐다보란 말이다!"

즈가마는 다시 한 번 울부짖고, 털망토 밑에서 칼을 잡아채어 빙빙 돌리더니 무서운 힘으로 이방인의 머리를 내리쳤다.

그러나 이방인의 머리는 떨어지지 않았다. 비틀거리기는 했지만, 즈가마의 검격은 바위를 내리친 듯 되튕겨 나왔다. 불 가에 모인 사람들 모두가 낮게 탄식했다.

"아아아아!"

이방인은 즈가마에게 시선을 박은 채 자세를 바로잡고 똑바로 섰다.

즈가마는 동요했다. 물러서서 이 괴상한 포로를 보내줄까 하는 마음까지 먹었다. 하지만 그 종족 특유의 완고함이 당혹감과 두려움을 눌렀다.

"놈을 잡아라……. 팔을 잡아!"

그는 노호했고, 부하들이 움직이지 않자 직접 로캐넌의 어깨를 움켜쥐고 돌렸다. 그러자 부하들도 움직였다. 로캐넌은 저항하지 않았다. 보호복은 외부 요소들, 극단적인 온도와 방사능, 충격, 그리고 검격이나 총알 같은 보통 속도의 타격으로부터 그를 보호해 주었으나, 열 명에서

열다섯 명의 강인한 남자들의 손아귀에서 벗어나게 해주지는 못했다.

"'긴 만'의 주인인 즈가마의 홀을 지나갈 수 있는 자는 없다!"

덩치 큰 남자는 개중 용감한 부하들이 로캐넌을 붙들어 묶자 분노를 토했다.

"너는 안지언의 노란 머리 놈들이 보낸 첩자다. 난 네가 누군지 알아! 네놈은 안기야르의 말과 주문과 속임수를 가지고 왔고, 용머리 배들은 네놈을 따라 북부를 떠나겠지. 이곳에서는 어림없다! 나는 주인 없는 땅의 주인이야. 노란 머리와 놈들의 알랑쇠 노예들한테 와보라고 해라. 청동의 맛을 보여줄 테니! 네놈은 내 땅에서 불을 쬐러 구차하게 바다에서 기어 올라왔지. 안 그런가? 따뜻하게 해주마, 첩자. 구운 고기를 주마, 첩자. 놈을 그 기둥에 묶어라!"

즈가마의 난폭한 고함소리는 부하들의 용기를 불러일으켰고, 그들은 서로 밀치며 불 위에 걸친 꼬챙이를 받친 불 가 기둥 하나에 이방인을 묶고는 다리 부근에 장작을 쌓아올렸다.

그러고 나서 그들은 침묵에 잠겼다. 모피를 걸친 육중하고 험상궂은 즈가마가 성큼 앞으로 나서더니 화톳불에서 불붙은 나뭇가지를 하나 집어 로캐넌의 눈앞에서 흔들고, 장작에 불을 붙였다. 불길이 뜨겁게 타올랐다. 순식간에 로캐넌의 옷, 그러니까 할란의 갈색 망토와 튜닉이 타버리고 불꽃이 그의 머리와 얼굴까지 치솟았다.

"아아아아."

구경꾼들은 다시 한 번 웅성거렸지만, 그중 한 사람이 외쳤다.

"저것 좀 봐!"

불길이 사그라지자 연기 사이로 가만히 서 있는 인물이 보였다. 날름거리는 불길에 다리를 맡긴 채 즈가마를 똑바로 응시하고 있었다. 벗은 가슴에는 금사슬이 늘어졌고 그 끝에 커다란 보석이 눈동자처럼 빛났다.

"페단이다. 페단이야."

어두운 구석에 몸을 움츠리고 있던 여자들이 속삭였다.

즈가마는 찌렁찌렁한 목소리로 공포로 인한 정적을 깨뜨렸다.

"놈은 타버릴 거다! 태워버려! 데호, 장작을 더 던져 넣어라. 스파이 놈이 빨리 구워지질 않는구나!"

그는 어린 사내아이를 쉼 없이 치솟는 불빛 속으로 끌어내어 장작을 더 넣게 했다.

"먹을 건 없나? 음식을 가져와라. 여자들! 올호르, 우리의 환대가 보이나? 우리가 먹는 게 보이느냔 말이다!"

그는 한 여인이 갖다 바친 나무 쟁반에서 고깃덩어리를 하나 움켜쥐더니 로캐넌 앞에 서서, 입으로 고기를 찢었다. 육즙이 턱수염으로 흘러내렸다. 부하 몇 놈이 조금 멀찍이 서서 즈가마를 흉내 냈다. 대부분은 불 가 근처에도 얼씬하지 않았지만 즈가마는 부하들이 먹고 마시며 흥청거리게 했고, 사내아이들 중에 몇은 하나씩 용기를 내어 장작더미에 나뭇가지를 찔러 넣을 만큼 다가서기도 했다. 그들의 포로는 붉은 빛을 받아 기묘하게 반짝이는 피부 위로 불길이 날름거리는 가운데 묵묵히 서 있었다.

불과 소음은 마침내 잦아들었다. 남자나 여자나 바닥에서, 구석에서, 따뜻한 잿더미 속에서 모피 넝마를 말고 잠들었다. 사내 몇 명이 무릎에는 칼을 놓고 손에는 술병을 쥔 채 그를 감시했다.

로캐넌은 눈을 감았다. 그는 손가락 두 개를 교차하여 보호복의 머리 부분을 열고 다시 신선한 공기를 마셨다. 긴 밤이 지나고 느릿느릿 긴 새벽이 밝았다. 안개를 뚫고 창 구멍으로 들어오는 잿빛 햇살 속에서, 즈가마는 기름 묻은 바닥에 미끄러지고 코고는 사람들을 타넘어 가며 다가가서 포로를 노려보았다. 잡힌 사람의 시선은 음울하고 흔들림 없었으며, 잡은 사람의 눈빛은 무력하면서도 반항적이었다.

"불타라, 타란 말이다!"

즈가마는 으르렁거렸다. 그리곤 떠났다.

조잡한 홀 밖에서 구구거리는 헤릴러의 소리가 들렸다. 헤릴러는 안기야르가 고기를 먹기 위해 날개를 잘라서 키우는 뚱뚱하고 깃털 달린 동물로, 이곳에서는 아마도 해안 절벽 위에서 방목하는 것 같았다. 홀에는 몇 안 되는 아기들과 여자들만 남았고, 그들은 저녁 식사용 고기를 구워야 할 때에도 시종일관 로캐넌에게서 거리를 유지했다.

그때까지 로캐넌은 서른 시간 정도 묶여 있었고, 봉숭과 갈증으로 고통받고 있었다. 갈증, 그게 문제였다. 그는 먹지 않아도 꽤 오래 버틸 수 있었고, 벌써 머리가 핑핑 돌기는 하지만 사슬에 묶여서도 꽤 오래 서 있을 수 있을 것 같았다. 하지만 물이 없으면 이 긴 하루를 한 번 더 버텨내는 것이 고작일 것이었다.

이렇게 힘이 없어서는 즈가마에게 할 수 있는 말이 없었다. 위협도 뇌물도 이 야만인의 고집만 더해 줄 것이었다.

그날 밤 눈앞에서 불꽃이 춤을 추는 가운데 불길 너머로 음울하고 흰 즈가마의 턱수염 기른 얼굴을 보면서 로캐넌은 계속 마음의 눈으로 다른 얼굴을 보고 있었다. 밝은 색 머리카락에 검은 얼굴. 친구로, 그리고 얼마간은 아들처럼 사랑하게 된 모지언의 얼굴. 밤과 불이 계속되는 동안 그는 또 이해하려 해보지도 않은 방식으로 자신에게 매여 있는 작은 피안, 어린아이 같고 신비한 쿄를 생각했다. 그는 영웅들에 대해 노래하는 야한을 보았다. 그리고 거대한 날개를 단 바람말을 빗질하며 함께 투덜거리고 웃음을 터뜨리는 이오트와 라호를, 목에서 금사슬을 풀어내던 할드레를 보았다. 수많은 세월을 수많은 세계에서 보냈건만, 많이 배우고, 많은 것을 했건만 이곳에 오기 전의 삶은 하나도 떠오르지 않았다. 그 삶은 모두 불타 버렸다. 그는 자신이 전사들이 거인들과 싸우는 그림의 태피스트리가 걸린 할란의 긴 홀에 서 있고, 야한이 물그릇을 내밀고 있다고 생각했다.

"마시세요, 스타로드. 마셔요."

그는 마셨다.

5

야한이 두 번째로 물을 채워오자 수면 위에 희게 비친 제일 큰 달 페니와 펠리가 춤을 추었다. 화톳불은 숯 몇 덩어리에만 남아 희미하게 빛났다. 홀은 달빛의 반점과 화살을 제외하고는 캄캄했고, 잠든 이들의 숨소리와 뒤척이는 소리밖에 들리지 않았다.

야한이 조심스레 사슬을 풀자 로캐넌은 온몸의 무게를 등 뒤 기둥에 실었다. 다리가 마비되어 지지대 없이는 설 수가 없었다.

야한은 그의 귀에 대고 소곤거렸다.

"놈들은 밤새도록 밖에 경비를 세웁니다. 그리고 그 경비들은 깨어 있지요. 내일 놈들이 가축 떼를 몰고 나갈 때……."

"내일 밤. 난 달릴 수가 없어. 놈들의 눈을 속여야 하네. 내가 몸무게를 실을 수 있도록 사슬을 걸어줘, 야한. 여기, 내 손 옆에 걸게."

근처에서 자던 사람 하나가 하품을 하며 일어나 앉았고, 야한은 한순간 달빛에 섬광처럼 미소를 비추고 몸을 숙여, 그림자 속에 녹아들듯 사라졌다.

로캐넌은 새벽이 지난 후 야한이 다른 남자들과 같이 헤릴러 떼를 몰고 목초지로 나가는 것을 보았다. 다른 이들처럼 진흙투성이 털가죽을 걸치고, 검은 머리카락은 비처럼 삐죽삐죽했다. 다시 한 번 즈가마가 나타나 험상궂은 얼굴로 포로를 노려보았다. 로캐넌은 그자가 기분 나쁜 포로에게서 벗어날 수만 있다면 가축 떼와 마누라들의 절반을 내어줘도 아깝지 않은 심정이지만 자신의 잔인성이라는 덫에 사로잡혀 있음을 알았다. 간수란 죄수의 죄수인 법. 로캐넌보다는 따뜻한 재 속에서 자고 나와 머리카락이 재투성이가 된 즈가마가 더 불에 탄 사람 같았다. 로캐넌의 벌거벗은 피부는 희세 빛나고 있었나. 스가마는 쿵쿵거리며 걸어 나갔고 다시 한 번 홀은 낮 내내 텅 비다시피 했다. 경비병들만은 문간에 남아 있었지만. 로캐넌은 몰래 같은 운동을 하며 시간을 보냈다. 지나가던 여인 하나가 기지개를 켜는 로캐넌을 보았을 때, 그는 몸을 흔들고 중얼중얼 낮고 기묘한 소리를 내며 손을 뻗었다. 여인은 엎어져서 훌쩍거리며 달아났다.

해 질 녘 안개가 창문으로 불어 들어오고, 무뚝뚝한 여인네들은 고기와 해초로 만든 스튜를 끓였으며, 수백 마리 가축 떼가 돌아와 밖에서 구구거리는 가운데 즈가마와 그 부하들은 턱수염과 모피에서 안개 방울을 빛내며 안으로 들어왔다. 그들은 저녁을 먹기 위해 바닥에 앉았다. 시끄럽고 냄새나고 찌는 듯했다. 매일 밤 기분 나쁜 포로에게 돌아온다는 사실이 주는 긴장감이 드러났다. 험악한 얼굴들, 시비 거는 듯한 목소리들.

"불을 더 피워라! 놈은 아직 더 구워야 해!"

즈가마는 벌떡 일어나 타오르는 통나무를 로캐넌 발밑에 밀어 넣으며 소리쳤다. 부하들은 아무도 움직이지 않았다.

"올호르, 갈비뼈 사이에서 구워진 네놈의 심장을 씹어 먹을 테다! 전리품으로 그 푸른 돌을 걸치고 말 것이야!"

즈가마는 이틀 밤을 견뎌낸 고요하고 흔들림 없는 시선에 격분하여 부들부들 몸을 떨었다.

"네놈의 눈을 감겨주마!"

그는 소리를 지르고 바닥에서 무거운 지팡이를 낚아채어 퍽 소리 나게 로캐넌의 머리를 후려치더니 그와 동시에 자신이 저지른 짓을 두려워하듯 펄쩍 뛰어 물러났다. 지팡이는 불타는 장작 사이에 떨어져 비스듬히 꽂혔다.

로캐넌은 천천히 오른손을 뻗어 지팡이를 잡고 불 속에서 끄집어냈다. 끄트머리엔 불이 붙어 있었다. 그는 지팡이 끝이 즈가마의 눈을 가리키도록 들어올리고 천천히 앞으로 걸음을 옮겼다. 몸을 감은 사슬이 떨어져 내렸다. 불길이 치솟으며 그의 맨발에 불똥과 숯을 흩어놓았다.

"나가라!"

로캐넌은 곧장 즈가마에게 다가갔고, 즈가마는 한 발자국 또 한 발자국 뒤로 물러났다.

"너는 이곳의 주인이 아니야. 법을 모르는 자는 노예다. 잔학한 자는 노예다. 어리석은 자는 노예다. 너는 나의 노예이고, 나는 너를 짐승처럼 본다. 나가라!"

즈가마는 문틀 양쪽을 잡았지만, 타오르는 지팡이가 눈앞에 다가오자 비굴하게 앞마당으로 물러섰다. 경비병들은 몸을 웅크린 채 움직이지 않았다. 바깥문 옆에서 타오르는 송진 횃불들이 안개를 밝혔다. 외양간에서 들리는 가축들의 울음소리와 절벽 아래 바다에서 들리는 파도 소리뿐이었다. 즈가마는 한 발 한 발 뒤로 물러서다 횃불 사이 바깥문에까지 이르렀다. 즈가마의 검고 흰 얼굴은 불타는 지팡이가 다가오는 것을 가면처럼 노려보았다. 그는 공포로 입을 떼지 못한 채 통나무로 만든 문설주에 매달려 덩치 큰 몸으로 문간을 채웠다. 기진맥진한 데다 복수심에 불타는 로캐넌은 거칠게 타오르는 지팡이 끝을 즈가마의 가슴께에 들이밀었고, 넘어진 즈가마의 몸을 타넘어 문밖의 어둠과 휘몰아치는 안개 속으로 들어갔다. 그는 쉰 걸음 정도 어둠 속을 걷다가 비틀거리며 넘어졌다. 몸을 일으킬 수가 없었다.

뒤쫓는 사람은 없었다. 뒤에 있는 주거지에서는 아무도 나오지 않았다. 그는 반쯤 의식을 잃은 채 모래 언덕의 풀 속에 누워 있었다. 오랜 시간이 흘러, 꺼진 것인지 타버린 것인지 정문 횃불 빛이 사라지고 저 아래로 쏴쏴 바다 소리가 들렸다.

안개가 엷어져 달빛을 통과시키자 야한이 벼랑 가에 누운 로캐넌을 찾아냈다. 로캐넌은 그의 도움을 받아 일어나서 걸었다. 그들은 더듬더듬 길을 찾아, 넘어지기도 하고 길이 험하고 어두운 곳에서는 기다시피 해가며 해안을 떠나 동남쪽으로 향했다. 그들은 몇 번인가 숨을 가누고 주위를 파악하기 위해 멈춰 서곤 했는데, 로캐넌은 걸음을 멈출 때마다 바로 곯아떨어졌다. 야한은 그를 깨워 계속 걸음을 재촉했다. 마침내 새벽이 오기 몇 시간 전, 그들은 높은 숲이 차양을 드리운 계곡으로 내려갔다. 나무들의 영토는 회뿌연 어둠 속에서도 새카맸다. 야한과 로캐넌은 줄곧 따라가던 강을 따라 그림자 속으로 들어갔지만, 많이 가지는 못했다. 로캐넌은 걸음을 멈추고 모국어로 말했다.

"더 이상은 못 가."

야한은 강둑 밑으로 위쪽으로부터나마 몸을 숨길 수 있는 좁다란 모래땅을 찾아냈다. 로캐넌은 굴속으로 들어가는 동물처럼 그 속에 기어들어가서 잠들었다.

열다섯 시간을 자고 해 질 녘에 깨어나 보니 야한이 먹을 만한 풀과 뿌리를 약간 마련해 놓은 뒤였다. 야한은 슬픈 얼굴로 변명했다.

"열매가 맺히기엔 너무 이른 온년입니다. 그리고 기형 성의 기형인들이 제 활을 빼앗았습니다. 덫을 만들어보기는 했지만 오늘 밤까지는 잡히는 게 없을 겁니다."

로캐넌은 게걸스레 식물을 먹어치웠고, 개울물을 마시고 몸을 편 뒤 다시 생각이라는 것을 할 수 있게 되자 물었다.

"야한, 어쩌다가 그곳에……, 기형 성에 있게 된 건가?"

젊은 평민은 시선을 아래로 떨어뜨리고 먹을 수 없는 뿌리 끝을 모래 속에 깨끗이 묻었다.

"제가……, 제 주인이신 모지언 영주께 도전한 것을 아시지요. 그 일이 있은 후 저는 주인 없는 이들에게 합류할 수 있을지도 모른다고 생각했습니다."

"그들에 대해 들은 적이 있나?"

"고향엔 우리 올기요르가 주인이자 하인인 곳에 대한 옛 이야기들이 있습니다. 심지어는 옛날엔 우리 평민들만이 안지언에 살았고, 숲의 사냥꾼들이었으며, 주인 같은 것은 없었다고도 하지요. 그런데 안기야르가 용머리 배를 타고 남쪽에서 왔다고……. 저는 요새를 찾았고, 즈가마의 친구들은 저를 해안 아래쪽 어딘가에서 도망친 사람으로 받아들였습니다. 그들은 제 활을 빼앗고 일을 시켰으며 아무것도 묻지 않았어요. 그렇게 해서 영주님을 찾은 겁니다. 영주님이 그곳에 오지 않으셨더라도 탈출했을 겁니다. 그런 기형인들의 군주 따위는 안 되고 말겠어요!"

"우리 동료들이 어디 있는지 아나?"

"아니요. 그들을 찾으실 겁니까, 영주님?"

"그냥 내 이름을 부르게, 야한. 그래. 조금이라도 찾을 가능성이 있다면 그들을 찾겠네. 우리끼리 걸어서, 그것도 옷이나 무기도 없이 대륙을 횡단할 수는 없어."

야한은 모래를 매끄럽게 다지고, 무겁게 늘어진 나뭇가지들 아래로 검고 투명하게 흘러가는 개울을 바라보며 아무 말도 하지 않았다.

"반대인가?"

"제 주인이신 모지언 영주님이 절 참살하실 겁니다. 그분의 권리지요."

안기야르의 법칙에 따라 이는 사실이었다. 그리고 그 법칙을 철두철미하게 지키는 사람이 있다면 바로 모지언이었다.

"자네가 새로운 주인을 찾으면 옛 주인은 자네에게 손댈 수 없을지도 몰라. 그렇지 않나, 야한?"

청년은 고개를 끄덕였다.

"하지만 반역심을 가진 이는 새로운 주인을 찾을 수 없습니다."

"그거야 상황 나름이지. 내게 봉사하겠노라 맹세하면 모지언에게 대신 변명해 주겠네. 그를 찾는다면 말이지만 말이야. 맹세할 때 어떤 말을 하는지는 모르겠군."

"저희는 이렇게 말합니다."

야한은 아주 낮은 목소리로 말했다.

"제 주인께 제가 살아 있는 시간과 제 죽음을 바치나이다."

"받아들이지. 자네가 돌려준 내 생명도 함께."

작은 개울은 상류로부터 시끄러운 소리를 내며 흘러내렸고, 하늘은 장중하게 어둠을 걸쳤다. 늦은 땅거미 속에서 로캐넌은 보호복을 벗고 개울 속에 대 자로 뻗어, 차가운 물이 온몸을 타고 흐르며 땀과 피곤과 공포와 눈앞에 날름거리던 불꽃의 기억을 씻어내도록 했다. 벗어놓은 보호복은 한 손에 들어갈 만한 크기의 투명한 재질에, 머리카락 굵기의 보일락 말락 한 관과 전선, 그리고 손톱만 한 반투명한 입방체 몇 개로밖에 보이지 않았다. 야한은 그가 다시 보호복을 입는 (로캐넌에게는 옷이 없었고, 야한은 가지고 있던 안기야르 옷을 몇 장의 더러운 헤릴러 모피와 맞바꾸어야만 했으므로) 광경을 불편한 눈으로 지켜보았다. 마침내 야한이 말했다.

"올호르 님, 불길이 주인님을 태우지 못하도록 막아준 건 그……, 그 피부였나요? 아니면 그……, 보석이었나요?"

로캐넌은 이제 목걸이를 야한의 부적 가방 속에 감춰 목에 걸고 있었다. 로캐넌은 부드럽게 대답했다.

"피부야. 주문 같은 건 없어. 이건 아주 강력한 갑옷이거든."

"그럼 흰 지팡이는요?"

로캐넌은 끄트머리가 새까맣게 탄 부목 지팡이를 내려다보았다. 야한은 지난 밤 바닷가 벼랑 풀밭에서 나무 막대를 주워두었고, 즈가마의 부하들도 요새로 로캐넌을 끌고 가면서 지팡이까지 가져갔었다. 아무래도 로캐넌이 계속 가지고 있어야 할 모양이었다. 지팡이가 없어서야 마법사라고 할 수 있겠는가.

로캐넌은 말했다.

"글쎄, 걸어야 할 때는 쓸모 있는 지팡이지."

그는 다시 몸을 쭉 펴고, 잠들기 전에 저녁 식사를 더 먹었으면 하면서 차고 어둡고 시끄럽게 흐르는 개울물을 한 번 더 마셨다.

다음 날 아침 늦게 깨어났을 때 그는 회복되었고, 걸신들려 있었다. 야한은 너무 추워서 축축한 구덩이 속에 더 누워 있을 수 없었던 터라 새벽같이 덫을 확인하러 나갔다. 그는 한 줌의 풀과 나쁜 소식만을 가지고 돌아왔다. 그는 그들이 있는 수풀 무성한 산마루 반대편으로 가보았는데, 그 꼭대기에서 남쪽을 보니 또 한 번 넓은 바다가 펼쳐져 있었다고 했다.

"생선이나 먹는 덜떨어진 톨렌 놈들이 우리를 섬에 떨어뜨려놓은 걸까요?"

그는 추위와 허기, 의심으로 평소의 낙관성도 잃어버리고 으르렁거렸다.

로개넌은 물속에 가라앉은 지도에서 본 해안선을 떠올리려 애썼다. 서쪽에서 흐르기 시작한 강은 육지 북쪽의 긴 혓바닥으로 흘러들었고, 이 좁은 땅은 서로부터 동으로 이어지는 연안 산맥의 일부분이었다. 이 혓바닥 같은 땅으로부터 본토까지는 지도에 선명하게 나타나고 그의 기억에도 뚜렷이 남을 만큼 길고 넓었다. 길이가 백 킬로미터, 아니 이백 킬로미터쯤 될까?

"얼마나 넓었지?"

그가 야한에게 묻자, 야한은 침울하게 대답했다.

"아주 넓습니다. 전 헤엄을 못 쳐요, 주인님."

"걸어서 갈 수 있을 거야. 이 산마루는 서쪽에서 본토와 만나네. 모지언은 아마 그쪽에서 우리를 찾겠지."

야한은 이미 제 몫 이상의 일을 했고, 지금 지도력을 발휘해야 할 사람은 로캐넌이었다. 그러나 알려지지 않은 적들의 땅을 한참이나 우회해야 한다는 생각에 마음이 무거웠다. 야한은 사람은 보지 못했지만 십자 모양으로 교차한 길들을 보았다고 했다. 그렇다면 필시 이 숲의 사냥감들이 이렇게 드물고 경계심이 많도록 만든 사람들이 있을 것이다.

하지만 모지언이 살아 있고 자유로우며 아직 바람말들을 데리고 있을 경우에 한하더라도 모지언이 그들을 찾으리라는 희망이 조금이라도 있는 한 그들은 남쪽으로, 그것도 가능한 한 트인 땅으로 가야 했다. 그들의 목적지가 남쪽인 이상 모지언은 남쪽으로 가면서 그들을 찾을 것이다.

"가세."

로캐넌의 말과 함께 그들은 출발했다.

정오가 조금 지나 그들은 산마루에 서서 낮은 하늘 아래 동서로 눈 닿는 곳 어디까지나 납빛으로 뻗어나가는 넓은 후미를 내려다보고 있었다. 남쪽 해안에 보이는 것이라고는 오로지 낮고 까맣고 어슴푸레한 능선뿐이었다. 해안까지 내려가서 서쪽으로 출발하는 내내 만에서 불어올라오는 바람이 매섭게 등을 때렸다. 야한은 구름을 올려다보고, 어깨 사이로 머리를 움츠리더니 구슬프게 말했다.

"눈이 오겠어요."

이윽고 눈이 내리기 시작했다. 해협의 검은 물에서나 축축한 땅에서나 내려앉자마자 녹아 사라지는, 봄의 진눈깨비였다. 보호복 덕분에 춥지는 않았지만 로캐넌은 긴장과 허기 때문에 기진맥진이었다. 야한 역시 지쳤고, 그의 경우에는 추위도 만만치 않았다. 그래도 다른 도리가 없었기에 그들은 무거운 걸음을 옮겼다. 그들은 작은 강줄기를 걸어서 건넜고 거친 풀과 몸을 때리는 눈을 뚫고 강둑으로 올라갔는데 그 둑 꼭대기에서 한 남자와 정면으로 맞닥뜨렸다.

"허이쿠!"

남자는 처음에는 놀라서, 그 다음에는 경탄하며 그들을 바라보았다. 그가 본 것은 눈보라를 뚫고 걷는 두 남자였다. 하나는 너덜너덜한 모피를 두른 채 입술까지 파랗게 질려서 떨고 있었고, 또 한 명은 완전히 벌거숭이였다.

"허, 그것 참!"

그는 다시 말했다. 여위고 키가 컸으며 구부정한 자세에 턱수염을 기르고 검은 눈에는 야성이 깃든 남자였다. 그는 올기요르 식으로 말했다.

"안녕하신가, 거기! 얼어죽겠구먼!"

야한이 임기응변으로 잽싸게 말을 지어냈다.

"헤엄을 쳐야 했어요. 배가 가라앉아 버렸죠. 사냥꾼인지 펠리운누르(펠리운잡이)인지 모르겠지만 불을 쬘 수 있는 집이 있나요?"

"남쪽에서부터 해협을 가로질러 왔단 말이오?"

남자는 불안한 얼굴이었고, 야한은 모호한 몸짓을 취하며 대답했다.

"동쪽에서 왔습니다……. 펠리운 털가죽을 사러 왔는데, 맞바꾸려던 물건이 다 물속에 가라앉았어요."

"허어, 허어."

거친 사내는 여전히 미심쩍은 얼굴이었지만, 상냥한 마음씨가 두려움을 누른 것 같았다.

"따라오쇼. 불과 먹을거리가 있소."

그는 그렇게 말하고 몸을 돌려, 바람에 날리는 가느다란 눈 속으로 뛰어갔다. 뒤따라 가보니 곧 수풀 우거진 산마루와 해협 사이 경사면에 올라앉은 오두막이 나왔다. 안팎 어디를 보나 안지언의 숲과 산에 있는 평민의 겨울 오두막 비슷했고, 야한은 불 앞에 쪼그려 앉으며 집에 돌아온

듯 솔직하게 안도의 한숨을 내쉬었다. 그 한숨이 어떤 교묘한 설명보다 더 집주인을 안심시켰다.

"불 좀 키우쇼, 젊은이."

그는 그렇게 말하고, 로캐넌에게 몸에 두를 만한 투박한 망토를 한 벌 내주었다.

그는 입고 있던 망토를 벗고, 스튜를 데우려고 진흙 사발을 재 위에 올려놓은 다음 데굴데굴 눈을 굴리며 우호적인 자세로 함께 쪼그려 앉았다.

"이맘때엔 늘 눈이 오지. 게다가 곧 눈보라가 더 심해질 게요. 자리는 많아요. 셋이서 겨울을 나거든. 나머지 두 사람은 오늘밤이나 내일, 뭐 아무튼 조만간 올 거요. 사냥하던 산마루에서 이 눈보라가 그치기를 기다릴 테니까. 우린 펠리운 사냥꾼이요. 내 호각을 알아보겠지. 안 그렇소, 젊은이?"

그는 허리띠에 매달린 육중한 나무 팬파이프를 건드리며 히죽 웃었다. 그는 거칠고 흉폭하고 어리석어 보였지만 접대는 확실하게 했다. 그는 고기 스튜를 푸짐하게 내놓았고, 어두워지자 쉬라고 말해 주었다. 로캐넌은 시간을 허비하지 않았다. 그는 잠자리의 냄새나는 모피를 둘둘 말고 아기처럼 잠들었다.

아침에도 눈은 계속 내렸고, 대지는 이제 희고 단조로웠다. 집주인의 동료들은 아직 돌아오지 않고 있었다.

"'등뼈' 너머 티마시 마을에서 밤을 샐 거요. 눈이 그치면 돌아오겠지."

"등뼈……, 그건 바다의 팔 말인가요?"

"아니, 그건 해협이지. 그 건너엔 마을 같은 건 없소! 등뼈는 여기 우리 위로 솟아오른 저 산, 산마루요. 그나저나 어디서 왔소? 젊은이는 그 럭저럭 우리 비슷하게 말하는데 젊은이 삼촌은 영 아니더군."

야한은 자다가 졸지에 조카를 얻은 로캐넌에게 슬쩍 미안한 눈길을 던졌다.

"아……, 삼촌은 벽지에서 오셨거든요. 그쪽에선 말을 다르게 하죠. 우리도 그 물은 해협이라고 부릅니다. 혹시 저희를 건네줄 만한 배를 가진 사람이 있을지 모르겠군요."

"남쪽으로 가고 싶소?"

"뭐, 상품도 다 없어졌고, 여기선 구걸밖에 할 게 없으니까요. 집으로 가는 게 낫겠죠."

"여기서 조금만 해안가로 내려가면 배가 있지. 날씨가 좋아지거든 봅시다. 젊은이, 솔직히 말해서 남쪽으로 간다는 일을 그리 아무렇지도 않게 말하는 걸 들으면 난 피가 얼어붙는다오. 해협과 큰 산맥 사이에 누가 산다는 말은 들은 적이 없소. 말해선 안 되는 이들을 빼면……. 그나마도 옛날이야기일 뿐이니, 사실 산맥이 있기나 한지 알 게 뭐요? 난 해협 건너편에 가봤소. 이런 말을 할 수 있는 사람이 많진 않지. 내 직접 건너가서, 그쪽 언덕에서 사냥을 해봤단 말이오. 그쪽 물가엔 펠리운누르가 많아. 하지만 마을은 없소. 사람도 없어. 아무것도. 그리고 나 역시 밤까지 그쪽에서 보내진 않았소."

"남쪽 해안을 따라 동쪽으로 가려는 것뿐입니다."

야한은 무심하게 말했지만, 표정에는 당황한 기색이 드러났다. 그가 날조해 낸 이야기는 질문을 받을 때마다 점점 복잡해져 갔다.

하지만 진실을 말하지 않는 그의 본능은 옳았다.

"그래도 북에서 건너온 건 아니니까!"

집주인 피아이는 숫돌에 긴 엽도를 갈며 지껄였다.

"해협을 건너는 사람은 아무도 없고, 바다를 건너오는 것도 노란 머리들에게 노예로 봉사하는 비열한 놈들 말곤 없지. 그쪽도 그들에 대해 아쇼? 바다 건너 북쪽엔 대가리가 노란 놈들이 산다오. 정말이라니까. 그 놈들은 나무만큼이나 높은 집에 살고, 은으로 된 칼을 차고 다니는 데다, 바람말의 날개 사이에 탄다더군! 보지 않고는 못 믿을 소리요. 바람말의 가죽은 비싼 값에 이쪽 해안으로 들어오지만, 그 짐승은 길들여 타는 건 고사하고 사냥하기에도 너무 위험하거든. 사람들 하는 얘길 다 믿을 순 없는 노릇이지. 난 펠리운 가죽으로 벌 만큼 벌어요. 하루 거리에서 날고 있는 놈들은 다 불러올 수 있지. 들어보슈!"

그는 우둘투둘한 입술에 팬파이프를 대고 불었다. 처음에는 아주 희미해서 들릴락 말락 한 소리였다가, 차츰 소리가 커지며 구슬픈 소리로 변하더니, 곡조 사이사이로 음이 떨리기도 하고 끊기기도 하며 들짐승이 울부짖는 소리처럼 높아졌다. 로캐넌은 등골이 오싹해졌다. 그는 할란의 숲 속에서 그 가락을 들은 적이 있었다. 사냥꾼으로 훈련받은 야한은 이를 드러내고 웃었고 사냥터에 나가 사냥감을 보고 있는 것처럼 외쳤다.

"불러요! 불러! 사냥감이 저기 튀어나와요!"

그와 피아이는 사냥 이야기를 나누며 남은 오후를 보냈다. 밖에서는 여전히 눈이 내렸다. 이제 바람이 잦아들어 눈발이 흩날리지 않았다.

다음 날 새벽에는 날이 개었다. 한넌 아침처럼, 눈 덮인 산맥에 불그레한 태양의 광휘가 쏟아지니 눈이 멀 것 같았다. 피아이의 두 동료는 정오가 되기 전에 폭신폭신한 회색 펠리운 털가죽을 몇 장 가지고 돌아왔다. 남쪽 올기요르들이 다 그렇듯 검은 머리카락에 키가 크고 건장했지만 그들은 피아이보다도 더 거칠었고, 동물 같은 경계심으로 이방인들을 대하며 마주치기를 피하고 곁눈으로만 건너다보았다.

다른 사람들이 잠시 오두막 밖으로 나가자 야한은 로캐넌에게 말했다.

"저들은 저희를 노예라고 불러요. 하지만 전 이렇게 짐승을 사냥하는 짐승으로 사느니 하인으로 있겠습니다."

로캐넌은 손을 들어올렸고, 남부인 하나가 말없이 그들을 곁눈질하며 들어오자 야한은 입을 다물었다.

"가세."

로캐넌은 지난 이틀 동안 조금이나마 나아진 올기요르 말로 중얼거렸다. 그는 피아이의 동료들이 올 때까지 기다리지 말걸 그랬다고 생각했다. 야한도 꺼림칙해했다. 그는 막 늘어온 피아이에게 말했다.

"이제 가야겠습니다. 이 맑은 날씨가 후미를 돌 때까지는 유지되겠지요. 우리를 거둬주지 않으셨다면 이 이틀 밤의 추위를 견뎌내지 못했을 겁니다. 그리고 그렇게 근사한 펠리운 노래도 들어본 적이 없었습니다. 당신의 사냥이 언제나 행운으로 가득하기를!"

그러나 피아이는 가만히 선 채 말이 없었다. 마침내 그는 칵 하고 가래를 올려 불 위에 뱉고, 눈을 굴리며 으르렁거렸다.

"후미를 돌아? 배로 건너가고 싶어 하지 않았소? 배는 있어. 내 배지. 아무튼 내가 쓸 수 있는 배요. 건네주지."

"안 그러면 엿새는 걸어야 할 거요."

새로 온 이들 중 작은 쪽, 카르미크가 끼어들었다.

피아이는 그 말을 되풀이했다.

"엿새 걸을 시간을 절약해 주겠다는 거요. 배로 건네다 주지. 지금 갈 수 있어."

"좋습니다."

야한은 로캐넌을 흘긋 돌아보고 나서 대답했다. 그들에겐 선택의 여지가 없었다.

"그럼 가지."

피아이는 툴툴거리듯 말했고, 그들은 가는 길에 먹을 식량에 대한 말한마디 없이 갑작스레 오두막을 떠났다. 피아이가 앞장을 서고 그의 친구들이 맨 뒤에 따라붙었다. 바람은 살을 에는 듯했고 태양은 밝았다. 햇빛이 들지 않는 곳에는 아직 눈이 남아 있었지만 그 외의 땅은 녹은 눈으로 질척하고 햇빛을 반사하여 눈이 부셨다. 그들은 한참 동안 해안을 따라 서쪽으로 걸어갔고, 바위와 갈대 사이 물 위에 거룻배 한 척이 떠 있는 작은 만에 도착했을 때에는 해도 저물었다. 붉은 석양이 바닷물과 서쪽 하늘을 물들였다. 그 붉은 빛 위로 작은 달 헬리키가 빛을 더했고, 어두워가는 동쪽 하늘에는 큰별, 즉 포말하우트의 먼 동반자가 오팔처럼 반짝였다. 눈부신 하늘 아래, 눈부신 물 위로 길고 가파른 해안은 단조롭고 어둡기만 했다.

"저기 배가 있소."

피아이는 걸음을 멈추고 그들을 돌아보며 말했다. 얼굴이 서쪽 빛을 받아 붉었다. 다른 두 명이 다가와서 조용히 로캐넌과 야한 옆에 섰다.

야한이 말했다.

"지금 가면 어둠 속에서 노를 저어 돌아와야 할 텐데요."

"큰별이 빛나고 있소. 밝은 밤일 거요. 자, 젊은이, 이제 건네주는 대가를 어떻게 지불할 것인가 하는 문제가 남았소."

"아."

야한은 그 말밖에 하지 못했다. 상황을 살피고 있던 로캐넌은 억양 때문에 정체가 밝혀질지도 모른다는 점에 상관하지 않고 말했다.

"피아이는 알 텐데. 우린 가진 게 없소. 이 옷도 피아이의 선물이오."

그러자 피아이와 다른 한 명보다 목소리가 부드러울뿐더러 생김새도 평범하고 온건한 편인 카르미크가 말했다.

"우린 가난한 사냥꾼들이오. 선물 같은 건 줄 수 없소."

"우린 가진 게 없소. 뱃삯으로 지불할 게 없소. 우릴 그냥 여기에 두고 가요."

로캐넌은 되풀이해 말했고, 야한이 합세하여 같은 내용을 좀 더 매끄럽게 말했지만, 카르미크가 그의 말을 끊었다.

"이방인, 당신은 목에 주머니를 걸고 있지. 그 안엔 뭐가 들었소?"

로캐넌은 바로 대답했다.

"내 영혼이오."

이 말에 모두가 그를 뚫어져라 바라보았다. 야한까지도. 하지만 로캐넌은 허세를 부리기에는 너무나 보잘것없는 위치에 있었고, 정적은 오래가지 않았다. 카르미크는 사냥용 엽도에 손을 올리고 가까이 다가섰다. 피아이와 다른 한 명도 행동을 같이했다.

"당신은 즈가마의 요새에 있었지. 티마시 마을에서 그 일에 대해 긴 얘기를 들려주더군. 어떻게 벌거벗은 남자가 불 속에서 버텼고, 흰 지팡이로 즈가마를 불태웠으며, 거대한 보석이 달린 금사슬을 걸고서 요새를 빠져나왔는지에 대해 말이야. 거기 놈들은 마법이니 주문이니 하는 소리를 했지만 내가 보기엔 헛소리야. 당신을 해칠 수는 없을지도 모르지. 하지만 이 녀석은……"

그는 번갯불 같은 빠르기로 야한의 긴 머리카락을 잡아 머리를 뒤로 꺾고, 칼을 그 목에 갖다 댔다.

"이놈아, 같이 여행하는 이 이방인에게 네 몸값을 지불하라고 하는 게 어떠냐?"

모두 묵묵히 서 있었다. 물 위에는 붉은 빛이 어른거리고, 동쪽에서는 큰별이 불타오르고, 바닷가에는 찬바람이 불었다.

피아이는 사나운 얼굴을 찌푸리고 일그러뜨리며 으름장을 놓았다.

"젊은이를 해치진 않을 거요. 말한 대로 해협을 건네줄 거라고. 값만 치르면 돼. 당신은 금을 갖고 있단 말을 안 했어. 금을 다 잃었다고 했지. 당신은 내 지붕 밑에서 잤소. 그 물건을 주면 해협을 건너게 해주지."

"주겠소. 저쪽에서."

로캐넌은 해협 건너편을 가리키며 말했다.

"안 돼."

카르미크가 반대했다.

카르미크의 손아귀에 잡힌 야한은 손가락 하나 움직이지 못했다. 로캐넌은 칼날에 닿은 야한의 목 핏줄이 팔딱팔딱 뛰는 모습을 볼 수 있었다.

피아이는 중얼거렸다.

"카르미크, 그는 페단이야. 그 말대로 해. 이자들은 이틀 밤이나 나와 같은 지붕 아래 있었어. 녀석을 놔줘. 네가 원하는 물건을 주겠노라 약속했잖아."

카르미크는 찌푸린 얼굴로 피아이와 로캐넌을 번갈아 보더니 마침내 말했다.

"그 흰 지팡이를 버려. 그럼 건네다 주지."

"그 친구부터 놔주시오."

로캐넌은 그렇게 말했고, 카르미크가 야한을 놓아주자 카르미크의 얼굴에 대고 웃음을 터뜨린 다음 지팡이를 물 위로 높이, 멀리 던져버렸다.

세 사냥꾼은 칼을 뽑아 로캐넌과 야한을 배 쪽으로 몰았다. 그들은 흐릿한 붉은 빛의 잔물결이 부서지는 미끄러운 바위들 사이로 걸어가 배에 올랐다. 피아이와 세 번째 남자가 노를 저었고, 카르미크는 로캐넌과 야한 뒤에서 칼을 겨누었다.

"놈에게 그 보석을 주실 거예요?"

야한은 이 반도 올기요르가 쓰지 않는 공통어로 속삭였다.

로캐넌은 고개를 끄덕였다.

야한이 속삭이는 소리는 몹시 허스키하고 불안정했다.

"뛰어내려 헤엄을 치세요, 주인님. 남쪽 해안이 가까워요. 목걸이가 없으면 저도 그냥 놔줄 거예요……."

"그들은 자네 목을 딸 거야. 쉿."

세 번째 남자가 말하고 있었다.

"놈들이 주문을 외우잖아, 카르미크. 배를 가라앉히려는 거야……."

"노나 저어, 썩은 물고기 알 같은 놈. 너, 조용히 해. 안 그러면 녀석의 목을 자를 테니까."

로캐넌은 인내하며 자리에 앉아, 앞뒤 해안이 밤에 잠기며 회색빛으로 변해 가는 바닷물만 바라보았다. 저들의 칼이 그를 해칠 수는 없었지만, 뭔가 해보기도 전에 야한을 죽일 수 있었다. 그는 쉽사리 헤엄을 칠 수 있었지만, 야한은 헤엄을 치지 못했다. 선택의 여지가 없었다. 최소한 그 대가로 해협은 건너가고 있지 않는가.

흐릿하던 남쪽 해안의 구릉 지대가 천천히 솟아오르며 형태를 드러냈다. 서쪽으로 희미한 회색 그림자가 내려앉았고 회색 하늘에는 별이 몇

개 없었다. 멀리 있는 큰별의 태양과 같은 광휘는 별들은 물론이고 이울어가는 달 헬리키마저 압도했다. 해안에 밀려드는 파도 소리를 들을 수 있었다.

"노를 멈춰."

카르미크가 명령을 내리더니 로캐넌에게 말했다.

"이제 그 물건을 내놔."

"해안에 좀 더 가까이 가서."

로캐넌은 무표정한 얼굴로 말했다.

야한이 떨리는 목소리로 말했다.

"여기에서부터라면 갈 수 있어요. 저기 비어져 나온 갈대들이 있으니까……."

배는 노를 몇 번 더 저은 다음 다시 멈췄다.

"내가 뛰어내리면 뛰게."

로캐넌은 야한에게 그렇게 말한 다음, 천천히 일어서서 좌석에 섰다. 그는 이제까지 몹시도 오래 입고 있던 보호복의 목 부분을 풀고, 목에 걸린 가죽 끈을 확 잡아당겨 끊은 다음 사파이어와 금사슬이 든 주머니를 배 바닥에 집어던지고, 보호복을 다시 봉하는 동시에 물속에 뛰어들었다.

몇 분 후 그는 야한과 함께 해안 바위들 사이에 서서 배를 지켜보았다. 회색 물 위에 흐릿하게 보이는 배의 거무스름한 그림자가 점점 작아지는 것을.

"아아, 놈들이 썩어 문드러지기를, 놈들의 그릇에 벌레가 들끓고 놈들의 뼈가 진흙으로 변하기를."

야한은 울기 시작했다. 그는 몹시 겁을 먹고 있었지만, 두려움에 대한 반작용 이상으로 자제력이 무너졌다. 주인님이, 군주가 고작해야 한 평민의 목숨을, 자신의 목숨을 구하기 위해 왕국 하나의 가치를 지닌 보석을 던져버리는 모습이란 모든 질서가 뒤집히는 광경과 같았으며 견뎌낼 수 없는 책임을 부여하는 것이었다. 야한은 외쳤다.

"그래서는 안 되는 거였습니다! 잘못하셨어요!"

"돌멩이로 자네 목숨을 산 게 말인가? 야한, 마음을 추슬러. 불을 피우지 않으면 얼어 죽겠군. 불 피우는 송곳은 갖고 있나? 이쪽에 곁가지가 많이 있군. 움직이라고!"

그들은 바닷가에서 그럭저럭 불을 피우고, 그 불이 밤과 여전히 매서운 추위를 물리쳐줄 때까지 크게 키웠다. 로캐넌은 사냥용 털망토를 야한에게 주었고, 젊은이는 그 망토를 말고 겨우 잠들었다. 로캐넌은 앉아서 물짐번을 섰다. 마음이 물편했고 자고 싶지도 않았다. 복걸이를 던져버린 그의 마음은 무거웠다. 그 목걸이가 값어치 있는 물건이라서가 아니라 예전에 그가 그 목걸이를 셈레이에게 준 장본인이고 셈레이의 아름다움에 대한 기억으로 긴 시간이 지난 뒤 그가 이 세계까지 오게 되었기 때문이었다. 할드레가 그림자를 걷으려는 희망으로, 아들의 이른 죽음을 두려워하며 목걸이를 주었음을 알기 때문이었다. 어쩌면 그 무게와 그 위험한 아름다움은 사라진 게 잘된 일일지도 모른다. 그리고 어쩌면, 최악의 경우 모지언은 영영 그 목걸이가 사라진 것을 모를지도 몰랐다. 모지언이 그들을 찾아내지 못하거나 이미 죽었다면……, 그는 그 생각을 지웠다. 모지언은 그와 야한을 찾고 있을 것이다. 그렇게 생각해야 했다. 모지언은 남쪽으로 가며 그들을 찾을 것이다. 남으로 가는 것, 적을 찾으러 가는 것 외에 아무 계획도 없지 않았던가? 물론 그의 추측이 모조리 엇나갔다면 아무도 찾지 못하겠지만, 그는 모지언이 있든 없든 남으로 갈 것이었다.

그들은 새벽에 출발해서 어스름 속에 해안선의 구릉 지대를 올랐고, 떠오르는 태양이 지평선까지 쭉 뻗은 높고 텅 빈 평야를 드러내줄 즈음 꼭대기에 섰다. 평야는 여기저기 길게 이어진 덤불의 그림자로 줄무늬가 나 있었다. 해협 남쪽에는 아무도 살지 않는다던 피아이의 말이 맞는 것 같았다. 그래도 이런 곳이라면 모지언이 멀리서부터 그들을 알아볼 수 있을 것이다. 그들은 남으로 향했다.

추웠지만 날씨는 대체로 맑았다. 야한은 그들이 가진 옷을 다 껴입었고 로캐넌은 보호복을 입었다. 그들은 이따금씩 해협으로 구부러져 내려가는 개울을 건넜고, 이런 개울이 제법 자주 있어서 갈증을 해소하기에는 무리가 없었다. 그들은 다음 날까지 야한이 막대기로 때려잡아 화톳불에 요리한, 짧은 날개로 통통 튀듯 나는 토끼 같은 동물 몇 마리와 페야라는 식물 뿌리로 연명하며 계속 걸었다. 그 외에 살아 있는 것이라곤 보이질 않았다. 높은 초원 지대는 나무도 한 그루 없이, 길도 없이, 침묵 속에 잠겨 평평하게 하늘과 맞닿은 곳까지 뻗어 있었다.

광막한 황혼 속에서 자그마한 불 가에 앉은 두 남자는 그 광대함에 짓눌려 아무 말도 하지 않았다. 머리 위 하늘 높은 곳에서는 밤의 고동 소리처럼 한참 만에 한 번씩 부드러운 울음소리가 들렸다. 유순한 헤릴러의 야생 친척 바릴러가 봄을 맞아 북쪽으로 이주하는 소리였다. 거대한 바릴러 무리는 한 손 너비만큼의 별들을 가렸지만, 하나 이상의 목소리가 울리는 법은 없었다. 그나마 그 소리도 바람의 고동 소리처럼 짧았다.

야한이 눈을 들며 부드럽게 물었다.

"어느 별에서 오신 거죠, 올호르?"

"난 어머니 쪽 사람들은 헤인이라 부르고, 아버지 쪽에서는 데이브넌트라고 부르는 세계에서 태어났지. 자네는 그 세계의 태양을 '겨울 왕관' 이라고 부르더군. 하지만 그곳을 떠난 건 오래전이야……."

"그럼 별 종족은 한 종류가 아닌가요?"

"수백 종이 있지. 사실 혈통상으로 나는 온전히 어머니의 종족이야. 테라 인이었던 아버지는 나를 양자로 삼았지. 아이를 가질 수 없는 타 종족끼리 결혼할 경우에는 그렇게 하는 게 관습이거든. 자네 혈족이 여성 피안과 결혼하는 것처럼 말이야."

"그런 일은 일어나지 않아요."

야한은 딱딱하게 말했다.

"알아. 하지만 테라 인과 데이브넌트 인은 자네와 나만큼 닮았다네. 여기처럼 많은 종족이 있는 세계는 별로 없어. 대개는 우리와 많이 닮은 종족 하나뿐이고, 나머지는 말을 할 줄 모르는 짐승들이지."

"많은 세계를 보셨군요."

젊은이는 그 생각을 받아들이려 애쓰며 꿈꾸듯 말했다.

연장자는 대답했다.

"너무 많이 보았지. 나는 자네들 나이로 마흔 살이지만 태어나기는 백사십 년 전에 났네. 백 년이라는 시간은 살아보지도 않고, 별들 사이에서 잃어버렸지. 데이브넌트나 지구로 돌아간다 해도 내가 알던 사람들은 백 년 전에 죽었을 거야. 나는 앞으로 갈 수밖에 없어. 혹은 어딘가에서 멈추거나……. 저게 뭐지?"

무엇인가의 존재가 풀 사이를 훑는 바람 소리마저 침묵시킨 것 같았다. 불빛 가장자리에서 뭔가가 움직였다……. 거대한 그림자, 암흑 같은 것이. 로캐넌은 긴장해서 무릎을 세웠다. 야한은 불 가에서 탁 튀어 나갔다.

아무것도 움직이지 않았다. 회색 별빛 아래로 바람이 풀 속을 훑었다. 지평선 부근은 깨끗했고, 별들은 어떤 그림자에도 방해받지 않고 반짝였다.

두 사람은 불 가에 다시 모였다. 로캐넌이 물었다.

"뭐였나?"

야한은 머리를 흔들었다.

"피아이가 뭔가에 대해……, 말하긴 했었습니다만……."

그들은 교대로 불침번을 서며 불편하게 잤다. 더딘 새벽이 왔을 때엔 둘 다 몹시 지쳐 있었다. 그들은 그림자가 서 있는 것 같았던 자리에 무슨 흔적이 없나 살폈지만, 어린 풀들은 아무것도 드러내지 않았다. 그들은 모닥불을 밟아 끄고 태양에 의지하여 계속 남쪽으로 향했다.

곧 개울을 만날 줄 알았건만 그렇지가 않았다. 이제 물줄기들이 남북으로 달리고 있든지, 그저 더 이상 개울이 없는 것 같았다. 아무리 걸어도 변하지 않는 초원은 점점 더 메마르고, 더 잿빛을 띠었다. 이날 아침 그들은 페야 나무 한 그루도 보지 못했다. 거친 회록색 풀만 끝없이 이어질 뿐이었다.

정오가 되자 로캐넌은 걸음을 멈췄다.

"소용없네, 야한."

야한은 목을 문지르며 주위를 둘러보다가, 수척하고 지친 얼굴로 로캐넌을 돌아보았다.

"계속 가고자 하신다면 따르겠습니다."

"물도 식량도 없이 갈 순 없어. 해안에서 배를 훔쳐 할란으로 돌아가세. 이래 봐야 아무 소용이 없어. 가세."

로캐넌은 방향을 돌려 서쪽으로 걸어갔다. 야한은 곁에서 그를 따랐다. 높은 봄 하늘은 푸른빛으로 타올랐고, 바람은 끝없는 풀 속을 끝없이 헤집었다. 로캐넌은 어깨를 약간 구부린 채 끈기 있게 걸었다. 그는 한 걸음 한 걸음 영원한 유배와 패배 속으로 걸어 들어갔다. 그는 야한이 걸음을 멈췄을 때도 돌아보지 않았다.

"바람말입니다!"

그제야 그는 위를 쳐다보았다. 그러자 뜨거운 푸른 하늘에 까맣게 날개를 드리우고 발을 뻗은 채 선회하는 세 마리의 거대한 그리폰 고양이들이 보였다.

제2부 방랑자

6

모지언은 바람말의 다리가 땅에 닿기도 전에 뛰어내려 로캐넌에게 달려오더니 형제처럼 그를 끌어안았다. 안도와 기쁨이 담긴 목소리가 울렸다.

"헨딘의 창에 걸고, 스타로드! 왜 벌거벗은 채 이 사막을 걸어가고 있는 겁니까? 북쪽으로 걸으면서 어떻게 이렇게 남쪽까지 왔지요? 당신⋯⋯."

모지언은 야한과 눈이 마주치자 말을 끊었다.

로캐넌이 말했다.

"야한은 내 노예요."

모지언은 말이 없었다. 그는 스스로와의 무언의 싸움 끝에 웃기 시작하더니 곧 큰 소리로 웃어젖혔다.

"내 하인들을 훔치기 위해 우리 관습을 배운 겁니까, 로카난? 그런데 당신 옷은 누가 훔쳐갔지요?"

"올호르의 피부는 한 겹만이 아니에요."

쿄가 가벼운 걸음으로 풀 위를 미끄러져 오며 말했다.

"불의 지배자, 만세! 어젯밤 마음속으로 당신의 소리를 들었어요."

모지언이 거들었다.

"쿄가 우리를 당신에게 데려왔습니다. 열흘 전 피에른 해안에 발을 디딘 후로 한마디도 안 하더니, 어젯밤 리오카가 뜰 때 해협 가장자리에서 달빛에 귀를 기울이다가 갑자기 '저기에!' 라고 하더군요. 해가 뜨자 우린 쿄가 가리키는 곳으로 날았고, 이렇게 당신을 찾아냈습니다."

"이오트는 어디 있지요?"

로캐넌은 라호 혼자서 바람말의 고삐를 쥐고 선 것을 보고 물었다. 모지언은 변함없는 얼굴로 대답했다.

"죽었습니다. 바닷가에 있을 때 안개 속에서 올기요르 놈들이 습격해 왔죠. 무기라고는 돌맹이뿐이었지만 수가 많았어요. 이오트는 살해당했고 당신은 사라졌습니다. 우린 바닷가 벼랑 속 동굴에 숨어서 바람말이 다시 날기를 기다렸습니다. 밖에 나갔던 라호는 푸른 보석을 건 이방인이 타오르는 불 속에 화상 하나 입지 않고 서 있다는 이야기를 들었지요. 그래서 바람말이 날아오르자 우린 즈가마의 요새로 향했고, 그곳에서 당신을 찾아내지 못해 초라한 지붕에 불을 놓고 놈의 가축들을 숲으로 몰아낸 다음, 해협을 따라 당신을 찾아다니기 시작한 겁니다."

로캐넌이 말을 끊었다.

"그 보석 말인데요. 바다의 눈동자……, 그걸로 우리 목숨을 사야 했어요. 줘버렸지요."

"그 보석을 말입니까?"

모지언은 로캐넌을 빤히 바라보며 말했다.

"셈레이의 목걸이를 줘버렸다고요? 당신의 목숨을 사기 위해서가 아니었겠지요. 누가 당신을 해칠 수 있다는 겁니까? 저 무가치한 목숨, 저 말 안 듣는 반 쪼가리를 구하기 위해서? 제 유산을 값싸게 여기셨군요! 자, 받으십시오. 이건 그리 쉽게 잃어버릴 물건이 아닙니다!"

그는 소리 내어 웃으며 뭔가 반짝이는 것을 공중에 빙빙 돌리더니 붙잡아서 로캐넌에게 던졌다. 로캐넌은 가만히 서서 손 안에서 타오르는 푸른 돌과 금사슬을 응시했다.

"어제 해협 반대편 기슭에서 올기요르 둘과 시체 하나를 만나, 길을 멈추고 혹시 무가치한 하인을 대동하고 있을지도 모르는 벌거벗은 여행사를 못 봤느냐고 물어보았지요. 한 놈이 땅에 머리를 처박고 정황을 고하기에 다른 한 놈에게서 보석을 빼앗아 왔습니다. 반항하는 바람에 놈의 목숨도 함께 거뒀지요. 그때 당신이 해협을 건넌 것을 알았고, 다시 쿄가 안내해 준 겁니다. 그런데 왜 북쪽으로 가고 있었지요, 로카난?"

"무……, 물을 찾으려고 했지요."

라호가 끼어들었다.

"서쪽에 개울이 있습니다. 바로 조금 전에 봤어요."

"그리로 갑시다. 야한과 나는 어젯밤 이후로 물을 마시지 못했어요."

그들은 바람말에 올랐다. 야한은 라호와 함께, 쿄는 전처럼 로캐넌 뒷자리에. 바람에 구부러진 풀이 아래로 멀어져 가고, 그들은 광대한 평원과 태양 사이 남서쪽으로 미끄러져 갔다.

그들은 꽃 한 송이가 없는 풀 사이로 느리고 깨끗하게 굽이치는 개울물 옆에 야영지를 마련했다. 로캐넌은 이제 겨우 보호복을 벗고 모지언의 여벌 옷을 입을 수 있었다. 그들은 톨렌에서 가져온 딱딱한 빵과 페야 뿌리, 그리고 라호와 야한이 쏘아 맞힌 날토끼 네 마리를 먹었다. 야한은 다시 활을 쥐게 되자 기뻐서 어쩔 줄을 몰랐다. 이곳 평원의 동물들은 거의 화살을 보면 달려들었고, 바람말을 풀어 사냥을 시켜도 두려움을 품을 줄 몰랐다. 심지어 녹색과 보라색, 노란색의 몸에 반투명한 날개를 윙윙거리는, 사실은 유대류지만 곤충처럼 보이는 작은 동물 킬라르까지도 이곳에서는 두려움을 몰랐다. 녀석들은 호기심에 가득 차서 둥근 금색 눈을 크게 뜬 채 한쪽 팔이나 다리에 빛을 깜박이면서 산란하게 사람 머리 주위를 휘돌았다. 이 넓디넓은 초원 전체에 지성을 가진 생명체는 하나도 없는 것 같았다. 모지언은 평원 위를 날면서 인간이나 다른 존재의 흔적을 보지 못했다고 했다.

"우린 어젯밤 불 가에서 뭔가를 본 것 같은데……."

로캐넌은 주저하면서 말했다. 사실 그들이 본 게 무엇인지 알 수가 없었다. 쿄는 화톳불 옆에서 주위를 둘러보았다. 두 개의 검이 꽂힌 칼 띠를 풀던 모지언은 아무 말도 하지 않았다.

그들은 하늘이 밝아지자마자 야영지를 떠나 온종일 평원과 태양 사이로 바람을 탔다. 평원 위로 나는 것은 그 위에서 걷는 게 힘들었던 만큼이나 즐거운 일이었다. 다음 날은 그렇게 지나갔고, 해가 저물기 전, 광대한 풀밭을 드물게 가르는 작은 개울을 찾던 도중 야한이 안장 위로 몸을 굽히고 바람 너머로 외쳤다.

"올호르! 앞을 보세요!"

남쪽 아주 멀리에 매끄러운 지평선을 깨뜨리는 희미한 회색 파동이 보였다. 파동, 아니면 주름이라고 해야 할까?

"산맥이군!"

로캐넌이 외쳤고, 그 순간 등 뒤에 있는 쿄가 공포에라도 질린 듯 날카롭게 숨을 들이쉬는 소리가 들렸다.

다음 날 나는 동안 평평한 초원은 점차 높아지며 잔잔한 바다의 파고처럼 낮은 기복을 이루었다. 이따금씩 높게 쌓인 구름 떼가 북쪽으로 흘러갔고, 앞쪽 먼 곳에서 땅이 어둡고 가파르게 솟구치는 것을 볼 수 있었다. 그날 저녁에는 산맥이 또렷이 보였다. 평원이 어두워진 다음에도 남쪽 멀리 자그맣게 보이는 산봉우리들은 오랫동안 금빛으로 반짝였다. 먼 봉우리의 빛이 스러진 곳에서 리오카 달이 떠올라 크고 노란 별이 길을 서두르듯 하늘을 헤엄쳤다. 페니와 펠리는 벌써부터 하늘을 밝히며 좀 더 품위 있는 방식으로 동에서 서를 향해 움직이고 있었다. 네 개의 달 중 마지막으로 헬리키가 떠오르더니 30분 주기로 밝아졌다 흐려지기를 되풀이하며 나머지 날늘을 쫓았다. 로캐넌은 등을 대고 누워서 높고 검은 풀줄기들 너머로 느리고 찬란한 달들의 춤을 지켜보았다.

다음 날 아침 그와 쿄가 회색 줄무늬 바람말에 오르자 야한이 말 머리 옆에 서서 주의를 주었다.

"오늘은 조심해서 모세요, 올호르."

바람말은 동의하듯 기침을 하고 길게 으르렁거렸으며, 모지언의 회색 말도 마찬가지였다.

"무슨 문제지?"

"배가 고픈 겁니다!"

라호가 흰색 바람말의 고삐를 세게 조이며 대답했다.

"즈가마의 헤릴러로 배를 채우기는 했지만, 이 평원을 날기 시작한 뒤로는 큰 사냥감이 없었고 이 통통 뛰는 토끼들은 한입거리밖에 안 되지요. 올호르 님, 망토를 조이세요. 녀석의 턱이 닿는 거리에 날리기라도 했다간 녀석의 먹잇감이 되실 겁니다."

갈색 머리카락과 갈색 피부 탓에 친조모나 외조모가 안기야르 귀족과 관계를 맺었음이 드러나는 라호는 대부분의 평민들보다 무뚝뚝하고 냉소적이었다. 모지언은 절대 그를 힐책하는 법이 없었고, 라호의 거친 언행도 주군에 대한 열렬한 충성심만은 감추지 못했다. 중년에 가까운 나이의 그는 이 여행을 쓸데없는 짓거리로 여겼으며, 젊은 주인이 위험해질 경우가 아니라면 아무 일도 할 생각이 없었다.

야한은 고삐를 넘겨주고 바로 로캐넌의 말 옆에서 달아났다. 줄무늬 바람말은 스프링처럼 공중에 튀어 올랐다. 그날 내내 세 마리 바람말은 사냥지라는 것을 느낄 수 있는, 혹은 냄새 맡을 수 있는 남쪽을 향해 지칠 줄 모르고 거칠게 날아갔고 북풍이 그들을 재촉해 주었다. 고정되어 있지 않은 산맥의 방책 아래로 수풀 우거진 구릉 지대들이 계속 어둡고 또렷하게 솟아올랐다. 이제는 평원에도 나무가 보였다. 물결치는 풀 바다 속에 섬들처럼 작은 숲이며 관목 덤불이 자라 있었다. 작은 숲은 차츰 녹색 초원에 둘러싸인 무성한 숲으로 변해 갔다. 그들은 해가 지기 전, 삼림 울창한 언덕들 사이에 자리한 사초 우거진 작은 호숫가에 내려앉았다. 두 평민은 빠르고도 신중한 손길로 바람말의 짐과 마구를 모두 벗겨내고 뒤로 물러섰다. 바람말들은 큰 소리로 울며 떠오르더니 세 방향으로 갈라져 언덕들 너머로 날아갔다.

야한은 로캐넌에게 말했다.

"배불리 먹었거나, 모지언님께서 소리 없는 호각을 부시면 돌아올 거예요."

라호가 풋내기를 놀리듯 덧붙여 말했다.

"때로는 짝을 데려오기도 하지요……. 야생의 바람말을 말입니다."

모지언과 평민들은 깡충거리는 날토끼든 뭐든 보이는 놈을 사냥하러 흩어졌다. 로캐넌은 물오른 페야 뿌리를 모아 잎에 싸서 화톳불 재 속에 구웠다. 그는 대지가 제공하는 식량을 다루는 데 전문가였고 그 일을 즐겼다. 그리고 며칠간 간신히 입에 풀칠만 하고 봄바람 속 맨땅에서 잠을 자며 해 뜨는 순간부터 해 지는 순간까지 비행을 계속한 덕분에 체중이 줄고 예민해져서 모든 감각과 인상에 열려 있었다. 그는 몸을 일으키면서 호숫가로 내려간 쿄가 서 있는 모습을 보았다. 물속에서 뻗어 나온 갈대들보다 크지 않은 작은 체구. 쿄는 남쪽에 높이 솟아 산꼭대기마다 그 주변 하늘의 모든 구름과 정적을 모아들이는 회색 산맥을 쳐다보고 있었다. 그 옆으로 다가간 로캐넌은 쿄의 얼굴에서 고독과 열망을 동시에 보았다. 쿄는 고개를 돌리지 않고 머뭇거리며 말했다.

　"올호르, 당신은 다시 보석을 가졌지요."

　"계속 던져버리려 애쓰고는 있네."

　로캐넌은 씩 웃으며 말했다.

　피안이 말했다.

　"저 위에서 당신은 금과 돌 이상의 것을 주어야 할 겁니다……. 그 추운 곳에서, 그 높은 곳에서, 그 잿빛 장소에서 뭘 줄 건가요, 올호르? 불에서 얼음으로……."

　로캐넌은 쿄의 말을 듣고 그를 바라보았지만 쿄의 입술은 움직이지 않았다. 한기가 흘렀고 그는 그의 인성을, 그의 정체성을 건드리는 이상한 감각으로부터 물러나 마음을 닫았다. 잠시 후 쿄는 평소처럼 차분하고 미소 띤 얼굴로 돌아서서 평소와 같은 목소리로 말했다.

　"이 구릉 지대 너머, 숲 너머 초록색 계곡에 피아가 있어요. 이곳에서도 나의 종족은 계곡을, 햇빛과 낮은 땅을 좋아하는군요. 며칠만 날아가면 피아 마을이 나올 거예요."

로캐넌이 이 말을 전하자 다들 기뻐했다. 라호가 말했다.

"저는 이곳에서 말을 할 줄 아는 생물을 하나도 못 찾을 줄 알았습니다. 이렇게 훌륭하고 풍요한 대지가 이토록 텅 비어 있다니요."

모지언은 호수 위에서 날개 달린 자수정처럼 춤을 추는 잠자리 같은 킬라르 몇 마리를 바라보며 말했다.

"늘 비어 있지는 않았지. 내 동족은 오래전, 영웅들이 있기 전, 할란이나 높은 오인홀이 만들어지기 전에, 헨딘이 엄청난 타격을 가하고 키르피엘이 오렌 산에서 죽기도 전에 이곳을 가로질렀어. 우리는 남쪽에서 용머리 배를 타고 바다를 건넜고, 안지언에서 숲과 바닷가 동굴 속에 숨은 흰 얼굴의 야만인들을 발견했지. 야한, 너도 그 노래를 알 텐데. 올호지언 서사시…….

바람을 타고서
풀 위를 걸어
바다 위를 미끄러지며
리오카의 길 위
브레헨 별을 향해…….

리오카의 길은 남쪽에서 북쪽으로 이어지지. 그리고 노래 속에 나오는 전투들은 우리 안기야르가 어떻게 거친 사냥꾼 올기요르와 싸워 그들을 정복했는지 말해 주지. 올기요르는 안지언에 있던 유일한 우리 종족이었어. 본래 우리는 모두 하나의 종족, 리우아르니까. 하지만 그 노래도 저 산맥에 대해선 아무것도 말해 주지 않아. 워낙 오래된 노래라서

도입부가 전해지지 않는 건지도 모르지만. 아니면 내 동족들은 산맥이 아니라 이 구릉 지대에서 왔을지도 몰라. 여긴 훌륭한 땅이야……. 사냥을 할 만한 숲과 가축을 기를 언덕과 요새를 지을 산들이 있는. 그런데도 지금은 아무도 살지 않는 것 같으니……."

야한은 그날 밤 은줄 리라를 연주하지 않았다. 그리고 그들은 모두 잠을 설쳤다. 어쩌면 바람말들은 곁에 없고, 주위는 감히 어떤 생물도 밤에는 움직이지 못한다는 듯 괴괴한 적막에 싸여 있어서인지도 몰랐다.

호숫가 야영지가 너무 습하고 질척하다는 데 의견을 같이한 그들은 다음 날 걸어서 이동했다. 그들은 천천히 움직이며 자주 걸음을 멈추고 사냥을 하거나 신선한 풀을 뜯었다. 황혼 녘에 그들은 풀 밑에 무너진 건물 주춧돌이라도 누워 있는 듯 울퉁불퉁한 언덕 꼭대기에 다다랐다. 아무것도 남아 있지 않았지만 그래도 그들은 너무 오래전에 사라져 전설조차 남지 않은 이 작은 요새의 비행뜰 위치를 추적할 수, 혹은 추측할 수 있었다. 그들은 바람말들이 돌아왔을 때 쉽게 찾을 수 있도록 그곳에서 야영했다.

긴 밤의 끝자락에 로캐넌은 갑자기 깨어 일어나 앉았다. 달들 중에는 작은 리오카만이 빛날 뿐이었고 모닥불은 꺼져 있었다. 그들은 불침번을 세우지 않았다. 15피트쯤 떨어진 곳에 모지언이 별빛을 받아 크고 희끄무레해 보이는 모습으로 가만히 서 있었다. 로캐넌은 졸음에 잠겨 그를 쳐다보며, 왜 모지언의 망토가 저렇게 크고 어깨가 좁아 보이는 걸까 의아해했다. 그럴 리가 없었다. 안기야르 망토는 어깨 부분에서 사원 지붕처럼 옆으로 퍼졌고, 모지언은 망토를 입지 않더라도 어깨가 떡 벌어진 사내였다. 왜 저렇게 크고 구부정하고 야윈 모습으로 저기 서 있는 거지?

얼굴이 천천히 로캐넌 쪽으로 향했다. 모지언의 얼굴이 아니었다.

"누구냐?"

로캐넌은 벌떡 일어나며 물었고, 그의 목소리는 죽음 같은 정적 속에 음침하게 가라앉았다. 옆에서는 라호가 일어나 앉아 주위를 둘러보더니 활을 쥐고 일어섰다. 키 큰 형체 뒤에서 뭔가가 약간 움직였다. 비슷한 존재였다. 사방에, 별빛을 받고 있는 잡초투성이 폐허 여기저기에 머리를 굽히고 무거운 망토를 두른 크고 야위고 조용한 이들이 서 있었다. 차갑게 식은 불 옆에는 그와 라호뿐이었다.

라호가 외쳤다.

"모지언 영주님!"

대답이 없었다.

"모지언은 어디 있나? 당신들은 누구지? 말을……."

그들은 답을 하는 대신 천천히 전진하기 시작했다. 라호는 화살을 메겼다. 그들은 그래도 아무 말이 없다가 일제히 양쪽으로 확 망토를 펼치며 묘하게 몸을 부풀리더니, 느리고 높게 뛰어 사방에서 한꺼번에 공격해 왔다. 로캐넌은 그들과 싸우면서 꿈에서 깨려 몸부림쳤다. 마땅히 꿈이어야 했다. 그들의 느린 움직임, 침묵, 모든 것이 비현실적이었고, 그는 그들이 몸을 때리는 감촉을 느낄 수 없었다. 하지만 그는 보호복을 입고 있었다. 그는 라호가 절망적으로 "모지언 님!"이라고 외치는 소리를 들었다. 공격자들은 순전히 무게와 숫자만으로 로캐넌을 쓰러뜨렸다. 로캐넌이 그들의 손아귀에서 벗어나려고 발버둥쳐 보기도 전에 그들은 머리를 거꾸로 하여 그를 들어올렸다. 어지러웠다. 수많은 손아귀에서 풀려나고자 몸을 비틀던 로캐넌은 별빛을 받은 구릉 지대와 숲이 아래……, 까마득히 아래에서 흔들리고 스쳐 지나가는 것을 보았다. 머리가 빙글빙글 돌았다. 그는 양손으로 자신을 짊어진 생명체의 가느다란 사지를 붙잡았다. 그들은 사방에서 그를 잡고 있었으며, 공기는 검은 날갯짓으로 가득했다.

이동은 그런 식으로 계속되었고, 여전히 그는 이따금씩 이 단조로운 공포로부터, 주위에서 부드럽게 쉿쉿거리는 목소리로부터, 끝없이 그를 흔드는 여러 겹의 날갯짓으로부터 깨어나려고 싸웠다. 그러다가 어느 순간 갑자기 비행은 긴 활강으로 바뀌었다. 밝아오는 동편 하늘이 무시무시하게 미끄러지고, 앞으로 땅이 솟아오르고, 부드럽고도 강한 손들은 그를 잡고 있던 힘을 풀었다. 그는 떨어졌다. 다친 곳은 없었지만 너무 어지럽고 속이 울렁거려서 앉을 수가 없었다. 그는 큰대 자로 누워 주위를 살펴보았다.

비닥에는 평평하고 윤기 나는 타일이 깔려 있었다. 왼쪽 오른쪽으로 새벽빛을 받아 은색으로 보이는 높고 곧은 벽이 강철을 자른 것처럼 매끈하게 솟아 있었다. 뒤에는 거대한 건물 돔이 있었고 앞에는 꼭대기가 보이지 않을 만큼 높은 출입구 너머로 창문 없는 은색 집들이 늘어선 거리가 보였다. 이 집들은 완벽하게 일직선을 이루었고 모두 똑같았으며 어두운 빛이라곤 없는 새벽의 투명함 속에 순수한 기하학 풍경을 이루었다. 도시였다. 석기 시대의 촌락이나 청동기 시대의 요새가 아니라 거대한 도시, 간소하고도 웅장하며, 강력하고도 정밀한, 높은 기술력의 산물이었다. 로캐넌은 아직 현기증이 나는 머리로 일어나 앉았다.

빛이 강해지자 어슴푸레한 안뜰에 무엇인가가 있음을 알아볼 수 있었다. 무슨 꾸러미 같은……, 그중 하나의 끄트머리가 노란색으로 빛났다. 충격으로 망연한 상태에서 빠져나온 로캐넌은 흐트러진 노란 머리카락 밑에 있는 검은 얼굴을 보았다. 모지언은 눈을 뜬 채 하늘을 응시하고 있었다. 깜박이지도 않았다.

동료들 넷 모두가 똑같이 딱딱하게 굳어 눈을 뜬 채 누워 있었다. 너무나 부서지기 쉬워 오히려 부서뜨릴 수 없을 것 같았던 쿄마저 커다란 눈에 창백한 하늘을 비추며 꼼짝 않고 누워 있었다.

그래도 몇 초에 한 번씩이나마 길고 조용하게 숨을 쉬기는 했다. 모지언의 가슴에 귀를 대자 아주 멀리서 들리는 것처럼 희미하고 느린 심장 소리가 들렸다.

뒤편에서 날카로운 소리가 들리자 그는 본능적으로 몸을 움츠리고 주위에 있는 마비된 동료들처럼 움직임을 멈췄다. 누군가의 손이 그의 어깨와 다리를 잡아당겼다. 그 손은 그의 몸을 돌려 뉘었고, 로캐넌은 하나의 얼굴을 보았다. 크고 길고 거무스름하면서 아름다운 얼굴이었다. 검은 머리통에는 머리카락은 물론이요, 눈썹도 없었다. 속눈썹이 없는 널찍한 눈까풀 사이로 투명한 금빛 눈동자가 보였다. 우아한 곡선을 그리는 작은 입은 다물려 있었다. 부드럽고 강한 손이 로캐넌의 턱을 잡더니 억지로 입을 벌렸다. 또 하나의 커다란 형체가 위에서 몸을 굽히는가 싶더니 목구멍으로 무엇인가가 쏟아져 들어왔다. 메스껍고 퀴퀴한 느낌이 드는 따뜻한 물이었다. 로캐넌은 기침을 하고 캑캑거렸다. 두 거인은 그를 놓아주었다. 그는 일어서서 침을 뱉으며 말했다.

"난 괜찮아요. 그냥 놔둬요!"

하지만 그들은 이미 등을 돌린 후였다. 그들은 야한 위로 몸을 굽혔고, 하나가 턱을 벌리면 다른 하나가 긴 은색 물병에서 한 모금 정도 물을 부었다.

그들은 키가 아주 컸고 아주 여위었으며 반 정도만 인간을 닮아 있었다. 단단하고도 섬세했으며, 땅에서는 조금 어색하고 느리게 움직였다.

땅은 그들의 영역이 아니었다. 회색 케이프처럼 곡선을 그리며 등 뒤로 떨어지는 길고 부드러운 날개의 어깨 근육 사이로 좁은 가슴이 두드러졌다. 다리는 가늘고 짧았으며, 까맣고 당당한 머리통은 날개 밑동이 위로 튀어나오는 바람에 구부러져 보였다.

로캐넌의 안내서는 안개에 싸인 해협의 바닷물 밑에 가라앉았지만, 기억이 고함을 쳤다. 미확인 종족 4: 넓은 도시(?)에 사는 것으로 알려진 거대한 인간형 종족. 그리고 그는 그 내용을 확인할 행운을 잡은 것이다. 새로운 종족, 새로운 고도 문명, 새로운 연맹의 구성원을 최초로 목격하는 기회를 말이다. 깔끔하고 정확한 건물들의 아름다움, 물을 가져온 거대하고 천사 같은 두 명이 보여준 비인격적인 자비로움, 왕과 같이 당당한 침묵, 모든 것이 그를 압도했다. 어느 세계에서도 이런 종족은 본 적이 없었다. 그는 쿄에서 물을 먹이고 있는 둘에게 다가가서 머뭇머뭇 정중하게 물었다.

"날개 달린 군주들이여, 공용어를 하십니까?"

그들은 그에게 주의를 돌리지 않았다. 그들은 부드럽고 약간은 절름거리는 듯한 걸음걸이로 조용히 라호에게 다가가 억지로 그의 일그러진 입 안에 물을 넣었다. 물은 도로 튀어나와 뺨으로 흘렀다. 그들은 모지언에게로 이동했고, 로캐넌은 그들을 따라갔다.

"좀 들어봐요!"

그는 그들 앞으로 나서며 말을 건네다가, 멈칫했다. 문득 메스껍게도 그 커다란 금빛 눈동자는 앞을 보지 못하며, 그들은 장님에 귀머거리라는 생각이 떠올랐다. 그들은 대답을 하기는커녕 그에게 눈길 한 번 주지 않았다. 목에서 발끝까지 날개를 덮은 크고 몽환적인 모습으로 걸어가 버릴 뿐이었다. 그리고 그들이 지나가자 문이 부드럽게 떨어져 내렸다.

로캐넌은 정신을 수습하고, 마비에 대한 해독 작용이 나타날지도 모른다는 바람을 안고 동료들 하나하나를 확인해 보았다. 변화가 없었다. 모두에게서 느린 호흡과 희미한 심장 박동을 확인할 수 있었다……. 하나만 빼고 모두. 라호의 가슴은 움직이지 않았고 그의 일그러진 얼굴은 차가웠다. 그들이 준 물은 여전히 뺨을 적시고 있었다.

분노가 로캐넌의 경외심과 경이감 사이로 비집고 들어왔다. 왜 이 천사 같은 이들이 그와 그의 친구들을 사로잡힌 야생 동물처럼 다루는 건가? 그는 동료들 곁을 떠나, 큰 걸음으로 안뜰을 가로질러 높디높은 문을 통해 놀라운 도시 거리로 들어갔다.

움직이는 것은 없었다. 문은 모두 닫혀 있었다. 높고 창문 없는 은색 정면부들만이 줄지어 고요히 첫 햇살 속에 서 있을 뿐이었다. 거리 끝, 그러니까 담에 다다르기까지 교차로가 여섯 개였다. 담은 5미터 높이에 이음매 하나 없이 양쪽으로 뻗어 있었다. 로캐넌은 문을 찾아 주변의 길을 따라가 보지 않았다. 출입문은 없을 것이다. 날개 달린 존재들에게 문이 무슨 소용이겠는가? 그는 다시 방사상의 거리를 되돌아 아까 왔던 중앙 건물로 향했다. 이 도시에서 유일하게 기하학적인 은색 집들보다 높고 생김새가 다른 건물이었다. 그는 다시 안뜰로 들어갔다. 집은 모두 닫혀 있었고, 거리는 깨끗하고 텅 비어 있었으며, 하늘은 공허했고, 그의 발소리 외에는 아무 소리도 들리지 않았다.

그는 뜰의 안쪽 끝에 있는 문을 두드렸다. 답은 없었다. 밀어보니 그냥 열렸다.

안은 따뜻하고 캄캄했으며, 부드러운 쉿쉿 소리로 분주한 가운데 높고 넓은 느낌이 났다. 키 큰 형체 하나가 비틀거리며 옆을 지나치더니 가만히 멈춰 섰다. 들어온 문을 통해 들어오는 이른 아침의 낮은 햇살 속에서 로캐넌은 날개 달린 존재의 금색 눈이 천천히 감겼다 뜨이는 것을 보았다. 그들은 햇빛 속에서 앞을 보지 못했다. 분명 밤에만 날거나 은색 거리를 걸어 다닐 것이었다.

깊이를 헤아릴 수 없는 그들의 눈빛을 마주한 로캐넌은 힐퍼들이 보편적으로 의사소통을 시작하는 방식이라는 뜻에서 "보의시"라고 부르는, 극적이면서도 받아들이기 좋은 태도를 갖추고 은하어로 물었다.

"당신들의 지도자는 누굽니까?"

말을 할 때 강한 인상을 주면 대개는 어떤 식으로든 대답이 돌아왔다. 날개 달린 존재는 로캐넌을 똑바로 보더니 무시 정도가 아니라 완전한 무반응을 보이며 눈을 한 번 깜박이더니 감아버렸다. 어딜 보나 잠든 것 같은 모습이었다.

어둠이 어느 정도 눈에 익자, 둥근 천장 아래로 따뜻하고 캄캄한 공간을 줄과 덩어리와 매듭으로 채우고 있는 날개 달린 이들의 모습이 보였다. 수백 명은 될 것 같았다. 모두 눈을 감은 채 움직일 줄 몰랐다.

사이를 걸어보아도 그들은 움직이지 않았다.

오래전 그가 태어난 행성 데이브넌트에서 어린아이였던 그는 고대 헤인 신들의 움직임 없는 얼굴을 올려다보며 조각상으로 가득 찬 박물관 안을 걸어본 적이 있었다.

그는 용기를 내어 날개 달린 이 하나의 팔을 건드려보았다. 남자라고 생각했지만 여자일지도 몰랐다. 금색 눈이 뜨이고 아름다운 얼굴이 그, 아니 정확하게는 그의 위쪽에 있는 어둠을 향했다.

"하싸!"

날개 달린 존재는 그렇게 말하고 재빨리 허리를 굽히더니, 로캐넌의 어깨에 입을 맞추고 세 걸음 물러나서 다시 망토 자락 같은 날개를 접고 눈을 감았다.

로캐넌은 그들을 포기하고, 그 거대한 방의 평화롭고 달콤한 어스름 속을 더듬더듬 나아가 바닥에서 높은 천장까지 뚫린 복도를 찾아냈다. 이 복도 너머는 조금 밝았다. 지붕에 작은 구멍들이 뚫려 체로 친 듯한 금빛 햇살이 새어 들어왔다. 벽은 양편으로 구부러져 올라가 좁은 아치를 그리는 천장으로 이어졌다. 방사상의 도시 심장부에 있는 중앙 돔을 에워싼 원형의 출입실 같았다. 안쪽 벽에는 무늬를 넣어 삼각형과 육각형이 복잡하게 얽히며 천장까지 되풀이되었다. 민족지학자 로캐넌의 열정이 되살아났다. 이 사람들은 건축의 대가였다. 거대한 건물 표면은 어디나 매끈했고 모든 이음매가 정확했다. 구상은 뛰어나고 제작에는 실수 하나 없었다. 수준 높은 문화만이 이런 결과를 내놓을 수 있었다. 하지만 문화 수준이 높은데도 이렇게 반응이 없는 종족은 처음이었다. 대체 왜 로캐넌과 동료들을 이리 데려왔는가 하는 것부터 이상했다. 조용하고 고결한 오만함으로 방랑자들을 알 수 없는 밤의 위험으로부터 구해 준 걸까? 아니면 그들은 다른 종을 노예로 쓰는 걸까? 그렇다면 로캐넌이 그들의 마취제에 보이는 면역성을 무시하는 것도 이상하지 않은가? 어쩌면 언어를 쓰지 않고 의사소통을 하는지도 모른다. 하지만 그는 이 놀라운 궁전에서, 해답이 그저 인류의 시야에서 벗어난 지적 존재가 있다는 사실에 놓여 있을지도 모른다고는 믿고 싶지 않았다. 그는 탐색을 계속하여 둥글게 튀어나온 통로 안쪽 벽에서 세 번째 문을 찾아냈다. 이 문은 아주 낮아서 그는 몸을 숙여야 했고 날개 달린 존재라면 네 발로 기어야 할 게 확실했다.

안은 똑같이 따뜻하고 노랗고 달콤함이 감도는 어둠이었지만, 여기는 계속되는 부드러운 중얼거림과 헤아릴 수 없는 무리의 미세한 움직임,

끌리는 날개들로 공기가 술렁이고 흔들리고 살랑거렸다. 까마득히 위에 자리 잡은 돔의 중심부는 금색이었다. 긴 경사면이 부드러운 기울기로 나선을 그리며 벽을 휘감아 돔을 받치는 원통부를 보여주었다. 경사면 여기저기에서 움직임을 볼 수 있었고, 두 번은 자그마한 형체가 경사면 어딘가에서 날개를 펼치고 날아오르더니 거대한 원통처럼 먼지 떠도는 금빛 공기 속을 소리 없이 가로지르기도 했다. 로캐넌이 홀을 가로질러 경사면 바닥으로 다가가는데 나선 중간쯤에서 뭔가가 떨어져 날카롭고 거슬리는 소리를 내며 내려앉았다. 로캐넌은 그쪽으로 갔다. 날개 달린 존재가 죽어 있었다. 떨어지는 충격으로 두개골이 부서졌는데도 피는 보이지 않았다. 몸집은 작았고, 척 보기에도 날개가 생기다 만 상태였다.

그는 끈기 있게 걸음을 재촉해 경사면을 오르기 시작했다.

바닥에서 십 미터쯤 올라갔을 때 그는 벽에 있는 세모난 벽감 속에 쪼그리고 앉은 날개 달린 존재들을 보았다. 역시 키가 작고 몸집이 작았으며 날개는 주름이 져 있었다. 대략 일정한 간격으로 셋씩 무리를 지어 아홉 명이서 크고 흰 뭔가를 둘러싸고 있었다. 로캐넌은 그들 가운데에 있는 덩어리를 한참 응시하다가 겨우 주둥이와 텅 빈 눈동자를 알아보았다. 그것은 마비된 채 살아 있는 바람말이었다. 아홉 명의 날개 달린 존재는 섬세하게 곡선을 그리는 작은 입을 몇 번이고 바람말에게 구부려 입을 맞추고 또 맞추었다.

또 한 번 쿵 소리를 내며 무엇인가가 바닥에 떨어졌다. 로캐넌은 소리 없이 지나가며 흘긋 보았다. 진이 빨려 말라 죽은 바릴로의 시체였다.

그는 장식 통로를 지나 가능한 한 빠르고도 부드럽게 잠들어 서 있는 형상들 사이를 요리조리 빠져나갔다. 안뜰로 나갔다. 비어 있었다. 비스듬한 흰 햇살이 포장된 바닥을 비췄다. 동료들은 사라졌다. 애벌레들에게, 그 돔 속의 홀에서 빨려 죽으러 끌려간 것이다.

7

로캐넌은 무릎이 풀렸다. 그는 반질반질한 붉은 포장면에 주저앉아, 속이 울렁거리는 두려움을 억누르고 어떻게 해야 할지 생각하려 애썼다. 어떻게 하나. 그는 돔으로 다시 들어가 모지언과 야한과 쿄를 데리고 나오려 노력해 봐야 했다. 당당하고 고상한 머릿속에 벌레 수준으로 퇴화한, 혹은 특화된 두뇌밖에 들어 있지 않은 크고 천사 같은 존재들 사이로 다시 돌아간다는 생각을 하니 목덜미에서부터 오한이 흘렀다. 하지만 그래야 했다. 친구들이 그곳에 있으니 데리고 나와야 했다. 돔 안에 있는 애벌레와 유모들이 그를 들여보내 줄 만큼 무기력한 상태일까? 그는 스스로에게 질문하기를 그만두었다. 어차피 우선 그는 사방을 둘러싼 외벽부터 살펴보아야 했다. 나갈 곳이 없다면 아무 소용도 없는 일이니까. 친구들을 업고 십오 피트 벽을 넘을 수는 없었다.

그는 고요하고 완벽한 거리를 걸으며, 세 가지 계급이 있는 것 같다고 생각했다. 돔에서 애벌레를 돌보는 유모들, 바깥방에 있는 건축가 겸 사냥꾼들, 그리고 이 집들엔 아마 알을 낳고 까는 번식자들이 있겠지. 물을 먹였던 두 명은 마비된 먹잇감을 애벌레가 빨아먹기 전까지 살려놓으려는 유모들이었을 것이다. 그들은 이미 죽은 라호에게도 물을 먹이려 했다. 어떻게 그들에게 지성이 없다는 걸 알아차리지 못할 수가 있었지? 그들이 너무나 천사 같은 외모에 인간형이었다는 이유만으로 지성체라고 생각하고 싶어 하다니. 그는 물속에 가라앉은 안내서를 향해 사납게 말했다. 종족 4따위 때려치워. 그때 다음 번 교차로에서 뭔가가 휙 길을 가로질렀다. 키 작은 갈색 생물로, 똑같은 정면부가 계속 이어지는 비현실적인 원경 속이라 몸집은 가능할 수 없었다. 확실히 도시에 속한 것은 아니었다. 천사 곤충들의 근사한 벌집에도 기생충은 돌아다니는 모양이었다. 그는 꾸준하고 빠른 걸음으로 적막 속을 뚫고 바깥벽에 다다른 다음, 벽을 따라 왼쪽으로 방향을 꺾었다.

조금 앞, 이음매 없는 은색 벽 아랫부분에 갈색 동물 하나가 몸을 웅크리고 있었다. 네 다리로 선 녀석은 로캐넌의 무릎께 정도 키였다. 이 행성에 사는 대부분의 낮은 지성체와 달리 이 동물에게는 날개가 없었다. 녀석은 겁에 질린 듯 몸을 웅크렸고, 로캐넌은 녀석이 겁을 먹고 덤비지 않도록 옆으로 돌았다. 그가 볼 수 있는 한 구부러진 벽 어디에도 문은 없었다.

"군주."

어디도 아닌 곳에서 희미한 목소리가 외쳤다.

"군주여!"

"쿄!"

로캐넌은 버럭 고함을 지르며 몸을 돌렸다. 그의 목소리는 벽을 두드렸다. 움직이는 것은 없었다. 흰 벽과 검은 그림자, 수직으로 꽂히는 햇살, 정적.

작은 갈색 동물이 통통 튀어왔다. 녀석은 가느다란 소리로 외쳤다.

"군주, 군주여, 오오 온다. 와. 오, 오라. 군주!"

로캐넌은 갈색 동물을 뚫어져라 내려다보았다. 작은 동물은 튼실한 엉덩이로 로캐넌 앞에 주저앉았다. 녀석은 숨을 헐떡였고, 자그마한 검은색 손이 접힌 옆으로 털에 묻힌 가슴은 심장 고동으로 떨렸다. 녀석은 떨리는 공통어로 되풀이했다.

"군주⋯⋯."

로캐넌은 무릎을 꿇었다. 이 생물을 대하자 생각이 질주했다. 그는 한참 만에 아주 부드럽게 말했다.

"당신을 어떻게 불러야 할지 모르겠군요."

작은 생물은 떨리는 소리로 말했다.

"오, 온다. 영주들⋯⋯, 군주들. 와!"

"다른 군주들⋯⋯, 내 친구들 말이오?"

"친구들."

갈색 생물은 말했다.

"친구들. 성. 군주들, 성, 불, 바람말, 낮, 밤, 불. 오, 오라!"

"따라가겠소."

갈색 생물은 바로 통통 튀어갔고, 로캐넌은 따라갔다. 갈색 생물은 방사형 거리를 돌아 내려가다가 북쪽으로 가는 골목으로 꺾어져, 돔을 둘러싼 열두 개의 문 중 하나로 들어갔다. 그곳의 붉은 포장뜰에 네 친구가 두고 온 그대로 누워 있었다. 잠시 생각을 해보고서야 그는 자신이 돔에서 나가서 다른 안뜰로 들어갔고 그래서 그들을 잃어버렸던 것임을 깨달았다.

그곳에는 갈색 생물이 다섯 명 더 야한 주위에 정중하게 모여 기다리고 있었다. 로캐넌은 다시 한 번 키를 줄이기 위해 무릎을 꿇고, 가능한 한 멋지게 머리를 숙였다.

"작은 군주들 만세."

"만세, 만세."

복슬복슬한 작은 이들 모두가 합창했다. 그러더니 주둥이 부근이 까만 한 명이 말했다.

"키에므리르."

"당신들이 키에므리르?"

그들은 재빨리 로캐넌을 흉내 내어 고개를 숙였다.

"나는 로카난 올호르입니다. 우린 북쪽 안지언에서, 할란 성에서 왔어요."

"성."

'검은얼굴'이 말했다. 열심히 말하느라 가늘고 높은 목소리가 떨렸다. 검은얼굴은 곰곰이 생각하며 머리를 긁더니 말했다.

"낮, 밤, 해, 세월. 군주들 간다. 세월, 세월, 세월……, 키에므리르는 안 간다."

그는 희망을 품은 눈으로 로캐넌을 쳐다보았다.

"키에므리르는……, 여기에 머무른 건가요?"

로캐넌이 묻자 검은얼굴은 놀랄 만큼 커다란 소리로 외쳤다.

"머물다! 머물다! 머물다!"

그리고 나머지 모두가 기쁜 듯 중얼거렸다.

"머물다……."

검은얼굴은 태양을 가리키며 단호하게 말했다.

"낮. 군주들 온다. 간다?"

"그래요. 갈 겁니다. 우리를 도와줄 수 있을까요?"

"돕다!"

키에므리르는 똑같이 기뻐하며 열심히 그 단어에 매달렸다.

"가게 돕는다. 군주, 머무른다!"

그래서 로캐넌은 머물렀다. 앉아서 작업에 착수하는 키에므리르를 지켜보았다. 검은얼굴이 휘파람을 불자 십여 명 정도가 더 통통거리며 뛰어왔다. 로캐넌은 그들이 대체 정확하게 구획된 벌집 도시 안 어디에서 숨어 살 곳을 찾아내는지 궁금했지만 어쨌든 그들은 숨어 살았고, 한 명이 자그마한 검은 손에 달걀 같은 흰 타원체를 들고 오는 것으로 보아 저장실도 있음에 확실했다. 물병 대신 쓰는 알 껍데기였다. 검은얼굴은 그 껍데기를 받아 조심스레 위를 열었다. 안에는 밝고 진한 액체가 들어 있었다. 검은얼굴은 의식을 잃은 사람들의 어깨에 난 상처에 이 액체를 약간 뿌린 다음, 나머지가 상냥하고 걱정스러운 모습으로 사람들의 머리를 들어올리는 가운데 입 안에도 조금씩 흘려 넣었다. 라호는 건드리지 않았다. 키에므리르는 서로 말을 나누는 일 없이 아주 차분하고 정중한 느낌이 드는 몸짓과 휘파람만 써서 일을 했다.

검은얼굴이 로캐넌에게 다가와서 안심을 시켰다.

"군주, 머문다."

"기다리라는 건가요? 물론이지요."

"군주."

키에메르는 라호의 몸을 가리키고는 말을 멈췄다.

"죽었지요."

로캐넌이 말했다.

"죽었다. 죽다."

작은 생물은 그렇게 말하며 목 아래를 건드렸고, 로캐넌은 고개를 끄덕였다.

은색 벽으로 둘러싸인 뜰에 뜨거운 빛이 넘쳤다. 로캐넌 가까이에 누워 있던 야한이 긴 숨을 들이마셨다.

키에므리르는 지도자 뒤에 반원을 그리고 주저앉았다. 지도자, 검은 얼굴의 키에메르에게 로캐넌이 말했다.

"작은 군주여, 당신의 이름을 알 수 있을까요?"

"이름."

검은얼굴이 속삭였다. 나머지는 조용하기만 했다.

"리우아르."

그는 모지언이 귀족과 평민 양쪽을 아울러 가리키던 옛말, 혹은 안내서에서 종족 II를 일컬을 때 쓰던 이름을 말했다.

"리우아르, 피아, 그데미아르, 이름들. 키에므리르, 이름 없다."

로캐넌은 이게 무슨 뜻일까 생각하며 고개를 끄덕였다. 그는 "키에메르, 키에므리르"라는 말이 그저 빠르다거나 유연하다는 뜻의 형용사에 지나지 않는다는 사실을 깨달았다.

뒤에서 쿄가 숨을 돌리더니 일어나 앉았다. 로캐넌은 쿄에게 다가갔다. 작고 이름 없는 이들은 친절하고 차분한 검은 눈으로 그들을 지켜보았다. 야한이 일어났고, 마침내 모지언이 깨어났다. 모지언은 마취제를 심하게 맞았는지 처음에는 손도 제대로 들어올리지 못했다. 키에므리르 하나가 수줍게 로캐넌에게 모지언의 팔다리를 문질러주면 좋아질 수 있다는 것을 보여주었고, 로캐넌은 그렇게 하면서 무슨 일이 일어났는지, 지금 어디에 있는지 설명해 주었다. 모지언은 소곤거렸다.

"태피스트리."

"무슨 말이오?"

로캐넌은 모지언이 아직 정신을 못 차리고 있다고 생각하고 부드럽게 물었고, 젊은이는 여전히 속삭이듯 대답했다.

"집에 있던 태피스트리 말입니다. 날개 달린 거인들."

그제야 로캐넌도 할란의 긴 홀에서 할드레와 함께 날개 달린 거인과 금발의 전사들이 싸우는 그림이 그려진 태피스트리 아래 섰던 기억이 났다.

키에므리르를 바라보던 쿄가 손을 뻗었다. 검은얼굴이 통통 뛰어가서 쿄의 길고 가느다란 손 위에 엄지손가락이 없는 작고 까만 손을 올렸다.

피안은 부드럽게 말했다.

"언어의 대가들, 언어를 사랑하는 이들, 언어를 먹는 이들, 이름 없는 이들, 유연하고 오래 기억하는 분들이여. 오, 키에므리르여, 여전히 키 큰 사람들의 말을 기억하는군요."

검은얼굴이 답했다.

"여전히."

로캐넌의 도움으로 일어선 모지언은 수척하고 엄해 보였다. 그는 강렬한 흰 햇살 속에 무섭게 일그러진 얼굴로 누운 라호 옆에 잠시 서 있었다. 그리고 나서 그는 키에므리르에게 인사를 건네고, 로캐넌에게 이제 괜찮다고 말했다.

로캐넌이 말했다.

"출입문이 없다면 발판을 파서 벽을 오를 수 있을 거요."

야한이 중얼거렸다.

"바람말을 부르세요, 영주님."

호각 소리가 돔 안에 있는 생물들을 깨우지 않을까 하는 질문은 너무 복잡해서 키에므리르에게 이해시킬 수 없었다. 날개 달린 존재가 야행성인 것을 감안한 그들은 위험을 무릅쓰고 시도해 보기로 했다. 모지언은 망토 아래 사슬에 달린 작은 호각을 꺼내어 세게 불었다. 로캐넌에게는 아무 소리도 들리지 않았지만 키에므리르는 그 소리에 움찔했다. 20

분이 채 지나지 않아 거대한 그림자가 돔 위로 날아오더니, 한 바퀴를 빙 돌고서 북쪽으로 향했고 오래지 않아 친구와 함께 돌아왔다. 두 마리는 날개를 세게 퍼덕이며 안뜰에 내려앉았다. 줄무늬 바람말과 모지언의 회색 말이었다. 흰 말은 다시 볼 수 없었다. 어쩌면 로캐넌이 돔 안의 뿌연 금빛 어스름 속 경사면에서 보았던 바람말, 천사의 애벌레들을 위한 식량이 되어 있던 그 말이었는지도 몰랐다.

키에므리르는 바람말을 두려워했다. 로캐넌은 감사와 작별의 인사를 하려 했지만 이미 검은얼굴의 부드럽고 섬세한 친절은 어찌할 수 없는 두려움에 밀려 자취를 감추었다.

"오, 난다, 군주!"

그는 바람말의 크고 사나운 발에서 뒷걸음질치며 애처롭게 말했다. 그래서 그들은 지체없이 떠났다.

벌집 도시에서 한 시간쯤 바람을 타고 달리자 그들의 짐과 안장, 이불로 썼던 여벌 망토와 모피 모두가 어젯밤 모닥불을 피웠던 자리 옆에 얌전히 놓여 있었다. 언덕을 반쯤 내려가니 세 명의 날개 달린 존재가 죽어 있었고, 그 부근에 모지언의 검이 두 자루 있었다. 하나는 거의 자루 부근에서 부러져 있었다. 모지언은 어젯밤 잠에서 깨어, 날개 달린 존재들이 야한과 쿄 위로 몸을 굽히는 것을 보았다고 했다. 한 방을 맞자 말을 할 수가 없었다. 하지만 그는 싸웠고 마비되어 쓰러지기 전에 세 명을 죽였다.

"라호가 나를 부르는 소리를 들었습니다. 세 번이나 불렀는데, 그를 도울 수 없었어요."

그는 어느 이름이나 전설보다 오래 살아남은 잡초투성이 폐허 속에 앉아 부러진 검을 무릎에 얹었고, 더 이상은 아무 말도 하지 않았다.

그들은 나뭇가지를 모아 장작더미를 높이고, 그 위에 도시에서부터 싣고 온 라호를 뉘었다. 그리고 그 옆에 그의 사냥 활과 화살도 놓았다. 야한이 새로 불을 지폈고 모지언이 장작더미를 쌓았다. 그들은 쿄를 모지언 뒤에, 야한을 로캐넌 뒤에 태우고 바람말에 올라, 낯선 땅 어느 언덕 꼭대기에서 정오의 햇살을 받으며 타오르는 불길의 연기와 열기 주위를 뱅뱅 돌았다.

그들은 날아가면서 오랫동안 등 뒤로 피어오르는 가느다란 연기 기둥을 볼 수 있었다.

키에므리르는 그들이 반드시 움직여야 하고 밤에는 눈에 띄지 않게 숨어야 그렇지 않으면 어둠 속에서 다시 날개 달린 존재가 쫓아올 것임을 확실히 알려주었다. 그래서 그들은 저녁이 다가오자 깊고 울창한 골짜기의 개울가로 내려가 폭포 가까이에 야영지를 마련했다. 땅은 축축했지만 공기는 향기로웠고 음악 같은 물소리가 그들의 영혼을 편안하게 해주었다. 그들은 저녁 식사용으로 진미를 찾아냈다. 조가비를 덮고 느리게 움직이는 수중 생물로 아주 맛있었다. 하지만 로캐넌은 먹을 수 없었다. 관절 사이와 꼬리에 퇴화한 털이 있는 생김새로 보아 알을 낳는 포유류의 일종이었다……. 이곳의 많은 다른 동물들처럼, 그리고 어쩌면 키에므리르처럼.

"자네가 먹게, 야한. 난 말을 걸어올지도 모르는 동물의 껍데기는 벗길 수가 없군."

그는 배고픔에 화가 난 채 그렇게 말하고 쿄 옆에 가서 앉았다.

쿄는 아픈 어깨를 문지르며 미소 지었다.

"모든 존재가 귀에 들리는 말을 할 수 있다면……."

"그럼 난 굶어 죽겠군."

"그래도 녹색 생물들은 조용하지요."

피안은 개울 위로 구부러진 울퉁불퉁한 나무를 토닥이며 말했다. 이곳 남쪽에서는 교목과 침엽수들 모두가 꽃을 피웠고, 숲은 떠다니는 꽃가루로 자욱하고 달콤했다. 이곳의 꽃들은 모두 꽃가루를 바람과 풀, 침엽수들에게 내보냈다. 벌레도, 꽃잎이 있는 꽃도 없었다. 이름 없는 세계의 봄은 모두 엄청난 양의 금빛 꽃가루와 녹색, 어두운 녹색과 엷은 녹색만으로 이루어져 있었다.

어두워지자 모지언과 야한은 따뜻한 재 옆에 뻗어 잠들었다. 날개 달린 존재를 끌어들일까 봐 불을 피워놓을 수 없었다. 로캐넌이 생각한 대로 쿄는 독에 대해 인간보다 강했다. 그는 어둠 속 개울가에 앉아 로캐넌과 이야기를 나누었다.

"키에므리르에게 아는 것처럼 인사를 건네던데."

로캐넌이 말하자 피안은 대답했다.

"우리는 마을의 일원이 기억하는 것은 모두가 기억해요, 올호르. 우리는 수많은 이야기와 속삭임과 거짓과 진실을 알아요. 그중에 어떤 것은 얼마나 오래되었는지 알 수가 없지요……."

"그런데 날개 달린 존재에 대해서는 아무것도 몰랐단 말인가?"

쿄는 이 질문을 그냥 넘기려는 듯했지만, 결국 말했다.

"피아는 두려운 것은 기억하지 않아요, 올호르. 왜 그래야 하죠? 우리는 선택하지요. 둘로 갈라졌을 때 우린 밤과 동굴과 금속의 칼은 진흙족에게 남기고 푸른 계곡과 햇빛, 나무 그릇을 택했어요. 그래서 우린 반쪽 인간이죠. 그리고 우린 잊어버렸어요, 너무나 많이 잊어버렸죠!"

그의 쾌활한 목소리는 이날 밤 그 어느 때보다 단호하고 다급했고, 아래쪽 개울 소리와 계곡 앞부분의 폭포 소리를 뚫고 선명하게 울렸다.

"하루하루 남쪽으로 향할수록 난 내 동족들이 어린 시절 안지언의 계곡에서 배우던 이야기들 속으로 들어가요. 그리고 그 모든 이야기들이 사실임을 알게 되지요. 하지만 그 이야기들 중 절반은 영영 잊어버렸어요. 이름을 먹는 작은 이들, 키에므리르는 우리가 마음에서 마음으로 부르는 옛 노래들 속에 있죠. 하지만 날개 달린 이들은 없어요. 친구는 있지만 적은 없어요. 햇빛은 있으나 어둠은 없어요. 그리고 난 칼 한 자루 없이 전설 속 남쪽으로 향하는 올호르의 동료지요. 나는 적의 목소리를 듣고자 하는 올호르, 거대한 어둠 속을 여행했고 어둠 속에 푸른 보석처럼 매달린 세계를 본 올호르와 함께 바람말에 올라요. 나는 반쪽 인간에 지나지 않아요. 언덕 너머 더 이상은 갈 수 없어요. 당신과 함께 높은 산까지 갈 수는 없어요, 올호르!"

로캐넌은 쿄의 어깨 위에 살그머니 손을 얹었다. 그러자마자 피안은 입을 다물었다. 그들은 밤의 개울물과 폭포 소리를 들으며, 바람에 날리는 꽃가루들 아래로 산맥에서부터 남쪽으로 흐르는 얼음장처럼 찬 물 표면에 회색으로 반짝이는 별빛들을 보며 앉아 있었다.

다음 날 비행 중에 그들은 두 번이나 동쪽 멀리 벌집 도시의 돔과 바퀴살처럼 뻗어나간 거리를 보았다. 그날 밤 그들은 경계를 두 배로 늘렸다. 다음 날 밤까지 그들은 높이 올라갔고, 밤새도록, 그리고 다음 날 날아가는 동안에도 채찍으로 후려치는 듯한 찬비가 내렸다. 비구름이 약간 걷히자 그곳에는 양쪽 산 위로 우뚝 솟은 산맥이 보였다. 한 번 더 비에 흠뻑 젖으며 언덕 꼭대기 고대 탑의 폐허 아래에서 밤을 지샌 뒤, 다음 날 이른 오후에 그들은 고개 너머 햇빛 비치는 너른 계곡 안으로 내려갔다. 이 계곡은 남쪽으로 뻗어나가다가 안개와 산에 둘러싸인 원경을 보여주었다.

이제 거대한 녹색 차도를 달리듯 계곡 위로 날아 내리는 그들 오른쪽에는 흰 산봉우리들이 빽빽했다. 바람은 강하고 활기찼으며 바람말들은 햇빛 속에서 바람에 날리는 갈색 잎사귀처럼 떨어져 내려갔다. 아래쪽으로 부드러운 녹색 오목 면 위, 점점 짙어지는 덤불숲과 에나멜이라도 칠한 듯한 나무들 위로 좁다란 회색 장막이 떠돌았다. 모지언의 말이 물러서서 선회하는 한편 쿄가 아래를 가리켰고, 그들은 금빛 바람을 타고 언덕과 시냇물 사이에 누워 햇빛을 받으며, 작은 굴뚝으로 연기를 피워 올리고 있는 마을로 내려갔다. 헤릴러 한 떼가 마을 위 경사면에서 풀을 뜯었다. 하나같이 버팀대 위에 지어 발을 치고 볕이 잘 드는 현관을 단 작은 집들이 성긴 원을 이루고 흩어진 가운데에 커다란 나무 다섯 그루가 우뚝 솟아 있었다. 여행자들은 이 나무들 옆에 내려앉았고, 피아가 수줍어하면서도 까르르 웃으며 그들을 맞이했다.

이 마을 피아는 공용어를 별로 하지 못했고, 크게 소리 내어 말하는 데에 익숙지 않았다. 그래도 바람이 잘 통하는 피아의 집에 들어가서 반질반질한 나무 그릇에 담긴 음식을 먹고, 하루 저녁 그들의 명랑한 환대를 받으며 피난처를 구하니 집에 돌아온 것 같은 느낌이 들었다. 상냥하고 파악하기 어려우며 아득하고 이상한 작은 사람들. 쿄는 제 동족을 반쪽 인간이라 불렀다. 하지만 쿄 자신은 더 이상 완전한 그들의 일원이 아니었다. 그들이 준 새 옷을 입자 모습도 같아 보였고 움직이는 것도 비슷했지만, 그래도 그들 사이에서 쿄는 외따로 떨어져 서 있었다. 그건 그가 자유로이 마음의 대화를 나눌 수 없는 이방인이라서였을까, 아니면 로캐넌과의 우정을 통해 그가 변했고, 그래서 좀 더 고독하고 좀 더 슬프며 좀 더 완전한 존재가 되었기 때문이었을까?

그들은 이 땅의 생김새를 말해 줄 수 있었다. 그들의 계곡 서쪽에 있는 큰 산맥을 넘으면 사막이라고 했다. 남쪽으로 계속 가려면 산맥 동쪽에서, 산맥 자체가 동쪽으로 방향을 틀 때까지 계곡을 따라 한참을 가야 한다고 했다.

"우리가 고갯길을 찾을 수 있겠습니까?"

모지언이 물으면, 작은 사람들은 미소 지으며 말했다.

"그럼요, 그럼요."

"그리고 그곳을 지나면 무엇이 있는지도 아십니까?"

"고갯길은 아주아주 높고 아주 추워요."

피아는 공손히 대답했다.

여행자들은 그 마을에서 이틀 밤을 머물며 쉰 다음 피아가 준 빵과 말린 고기를 채운 꾸러미를 가지고 떠났다. 피아는 주는 데에서 기쁨을 느꼈다. 이틀을 날고 나서 그들은 또 다른 피아 마을에 도착했고, 그곳 사람들은 다시 한 번 이방인이 아니라 오랫동안 기다리던 사람들이 돌아왔다는 듯 친절하게 그들을 맞이했다. 바람말이 내려앉아 한 무리의 피안 남자와 여자들이 그들을 맞이하러 몰려들었고, 제일 먼저 내린 로캐넌에게 "올호르 만세!"라고 인사했다. 로캐넌은 이 인사에 깜짝 놀랐고, 물론 올호르라는 말은 "방랑자"를 뜻하니까 그렇게 불릴 수 있다고 생각했지만 그래도 조금은 당황스러웠다. 그에게 올호르라는 이름을 붙여준 것은 피안인 쿄였다.

나중에 다시 한 번 길고 조용한 비행을 마치고 한참 멀리 떨어진 마을에 내려갔을 때, 그는 쿄에게 말했다.

"쿄, 동족들 사이에서 혼자만의 이름은 없었나?"

"'목동'이나 '어린 형제'라고, 아니면 '달리는 아이'라고 불렸지요. 달리기를 잘했으니까요."

"하지만 그건 별명이잖아. 설명하는 말이지……. 올호르나 키에므리르처럼. 피아는 뛰어난 작명가들이야. 찾아오는 사람마다 별명으로 인사하지. 스타로드, 검을 가진 이, 태양의 머리카락, 언어의 대가라는 식으로……. 안기야르가 별명 붙이기를 좋아하는 건 피아에게서 배운 것 같아. 그런데도 정작 본인들에겐 이름이 없군."

"스타로드, 멀리 여행한 이, 잿빛 머리, 보석을 지닌 이……. 그럼 무엇이 이름이죠?"

쿄는 미소 지으며 말했다.

"잿빛 머리라고? 내 머리가 하얗게 세었나……? 나도 이름이 무엇인지 확실히는 몰라. 내가 태어났을 때 주어진 이름은 가브렐 로캐넌이었지. 그 이름을 말할 때 그건 아무것도 설명해 주지 않고 그저 내 자신을 지칭할 뿐이야. 그리고 나는 이 땅에서 새로운 나무를 보고 네게, 혹은 너는 잘 대답해 주지 않으니까 야한이나 모지언에게 나무 이름이 뭐냐고 물어보지. 이름을 알기 전에는 마음이 불편하거든."

"글쎄요. 그건 나무죠. 내가 피안이듯이. 마치 당신이……, 뭐라고 해야 하죠?"

"하지만 차이점들이 있잖아, 쿄! 이곳에서 마을에 들를 때마다 내가 저 서쪽 산맥, 그들이 나서 죽을 때까지 그들의 삶에 그림자를 드리우고 선 산맥을 뭐라고 부르냐고 물어보면, 그들은 '산맥이지요, 올호르.'라고 말한단 말이지."

"산맥이니까요."

"하지만 다른 산맥들이 있잖아! 바로 이 계곡만 해도 동쪽에는 더 낮은 산맥이 있어! 이름이 없다면 어떻게 이 산맥과 저 산맥을, 이 존재와 저 존재를 구분하지?"

피안은 무릎을 안고 서쪽 높이 타오르는 황혼의 봉우리들을 응시했다. 잠시 후 로캐넌은 쿄가 대답하지 않으리라는 것을 깨달았다.

온년이 하루하루 더해 가고 점점 남쪽으로 가면서 바람은 점점 따스해지고 긴 낮은 더 길어졌다. 바람말은 사람을 둘씩 태우고서 속력을 낼 수는 없었고, 그들은 하루나 이틀에 한 번씩 길을 멈추고 사냥을 하며 바람말도 사냥을 하게 해주어야 했다. 그래도 결국 그들은 산맥이 앞에서 방향을 틀어 길을 가로막으며 동쪽으로 해안 산맥과 만나는 광경을 보기에 이르렀다. 계곡의 푸른빛은 거대한 산맥 무릎 부분까지 올라가다가 뚝 끊어졌다. 녹색과 녹갈색의 고산 계곡은 훨씬 위까지도 띄엄띄엄 보였다. 그 위는 바위와 절벽의 회색뿐이었고, 마지막으로 하늘을 반쯤 꿰뚫은 맨 윗부분은 눈부신 폭풍에 휩싸인 흰 봉우리들이었다.

그들은 산맥 중간쯤 올라간 곳에 있는 어느 피아 마을에 들어갔다. 봉우리에서부터 연약한 지붕 위로 으스스한 바람이 불어 긴 저녁 햇살과 그림자 속에 푸른 연기를 흩어놓았다. 언제나 그랬듯 그들은 기분 좋은 환대를 받았고, 따뜻한 집 안에서 나무 그릇에 담긴 물과 신선한 고기와 풀을 먹었으며, 바람말도 배불리 먹고 작고 재빠른 아이들의 보살핌을 받았다. 저녁을 먹은 후에는 마을 소녀 네 명이 그들을 위해 춤을 추었다. 음악은 없었다. 그들의 움직임과 발놀림은 너무나 가볍고 빨라서 몸이 아예 없는 듯했다. 불빛 속을 교묘히 빠져나가는 빛과 그림자의 놀이였다. 로캐넌은 기분 좋게 웃으며 평소처럼 그의 옆에 앉은 쿄를 돌아보았다. 피안은 우울한 눈으로 그를 마주보며 말했다.

"나는 여기에 머물 거예요, 올호르."

로캐넌은 튀어나오려는 대꾸를 누르고 한참 동안 춤추는 소녀들을, 비현실적으로 변화하는 불빛의 패턴을 바라보았다. 피아는 침묵과 마음속의 이상한 부분에서 음악을 자아냈다. 나무 벽에 비친 불빛은 구부러지고 너울거리며 계속 모습을 바꿨다.

"일찍이 방랑자는 동행을 선택한다 했지요. 한동안은."

로캐넌은 그게 자기 입에서 나온 말인지, 아니면 쿄의 말인지, 그도 아니면 기억 속에서 들려온 말인지 알지 못했다. 그 말은 그의 마음에나 쿄의 마음에나 있었다. 춤추는 소녀들은 흩어졌고, 그들의 그림자는 재빨리 벽을 따라 달렸으며 그중 한 명의 풀어헤친 머리가 잠시 동안 밝게 흔들렸다. 음악 없는 춤은 끝났고, 빛과 그림자 이상의 이름을 갖지 않은 춤꾼들은 동작을 멈췄다. 그와 쿄 사이에 자리 잡았던 하나의 패턴도 적막만 남긴 채 끝났다.

8

로캐넌은 푸드덕거리는 바람말의 날개 밑으로 부서진 바위 사면, 뒤쪽으로는 떨어져 내리고 앞쪽으로는 솟아오른 비스듬한 돌멩이 무더기를 보았다. 힘겹게 봉우리 사이 골을 향해 올라가던 바람말의 왼쪽 날개 끝이 돌에 스칠락 말락 했다. 상승기류며 돌풍 때문에 바람말이 균형을 잃는 경우가 있어 허벅지에 전투용 끈을 매야 했고, 추위 때문에 보호복도 입었다. 그의 뒤에는 두 사람 몫의 망토와 모피를 모조리 휘감고도 여전히 추위에 떠는 야한이 제 손을 믿지 못하고 안장에 허리를 묶어놓고 있었다. 훨씬 짐이 가벼운 바람말을 타고 앞서 날고 있는 모지언은 야한보다 훨씬 추위를 잘 견뎌냈고, 가혹한 즐거움마저 느끼며 높이와의 싸움을 맞았다.

그들은 보름 전에 쿄에게 작별 인사를 하고 마지막 피아 마을을 떠나, 언덕을 넘어서 제일 넓은 길로 보인 낮은 산맥 쪽으로 방향을 잡았다. 피아는 방향을 제시해 주지 못했다. 산맥을 넘어간다는 말만 해도 움츠러들어 입을 다물 뿐이었다.

처음에는 괜찮았지만, 높이 올라가자 바람말이 빨리 지치기 시작했다. 엷어진 공기는 바람말이 나는 동안 빨아들여 태우는 많은 양의 산소를 감당해 주지 못했다. 게다가 고도가 높아지자 추위와 불안정한 날씨에 맞서야 했다. 마지막 사흘 동안 그들은 15킬로미터 정도밖에 전진하지 못한 듯했고 그나마도 대부분 맹목적인 비행이었다. 사람들은 마지막 남은 말린 고기를 말에게 주느라 허기가 질 수밖에 없었다. 이날 아침 로캐넌은 남아 있는 식량을 모두 바람말에게 먹였다. 오늘 바람말이 이 산맥을 넘지 못한다면 어차피 사냥을 하고 쉴 수 있는 수풀 지역까지 되돌아가 처음부터 다시 시작해야 할 것이었다. 이제 산을 넘는 길은 제대로 잡은 것 같았지만, 동쪽 봉우리에서는 무섭도록 모진 바람이 불어왔고 하늘은 점점 희고 음울한 빛을 띠었다. 여전히 모지언이 앞장을 섰고 로캐넌은 뒤를 따랐다. 이 엄청난 높이의 끝도 없을 것 같은 끔찍한 통로에서는 모지언이 지도자였고 로캐넌은 따르는 입장이었다. 로캐넌은 왜 이 산맥을 넘으려 했는지 잊어버리고 오로지 그래야 한다는 것만, 남쪽으로 가야 한다는 것만 기억했다. 하지만 그 일을 해낼 용기 면에서 그는 모지언에게 의지했다.

"이곳은 당신의 영역 같군요."

지난 밤 현재 진로에 대해 의논하면서 로캐넌은 젊은이에게 그렇게 말했다. 그리고 모지언은 거대하고 차가운 봉우리와 심연, 바위와 눈과 하늘을 보며 군주다운 확신이 담긴 목소리로 짧게 대답했다.

"이곳은 내 영역입니다."

모지언은 이제 크게 소리를 지르고 있었고, 로캐넌은 끝없이 기울어진 혼돈 속에 트인 땅을 찾아 얼어붙은 속눈썹 사이로 앞을 노려보며 바람말의 기운을 북돋우려 애썼다. 이곳은 툭 튀어나온, 행성의 대들보였다. 바위 사면이 갑자기 뚝 떨어지더니 아래로 하얀 황무지가 보였다. 고갯길이었다. 양옆으로 바람에 씻긴 산봉우리들이 짙어지는 눈구름 속으로 솟아올랐다. 두 마리 말은 로캐넌이 흐트러지지 않은 모지언의 얼굴을 보고 그의 고함, 승리에 찬 전사가 부르짖는 가성의 전투 함성을 들을 수 있을 만큼 가까웠다. 로캐넌은 계속 모지언 뒤를 쫓아 흰 구름 아래 흰 계곡 위를 날았다. 눈이 떨어지지 않고 주위에서 춤을 추기 시작했다. 오로지 눈송이가 태어난 곳이자 사는 곳인 여기에서만 추는 메마르고 불안정한 춤이었다. 두 사람을 실은 데다 긁수린 바람말은 술무늬 날개를 올렸다 내릴 때마다 숨을 헐떡였다. 모지언은 눈구름 속에서 서로를 잃지 않도록 속도를 늦췄지만 멈추지는 않았고, 로캐넌과 야한은 그 뒤를 따랐다.

흩날리는 눈송이의 안개 속에 한줄기 빛이 비치더니 차츰 가늘고 선명한 금빛 선이 보이기 시작했다. 가파른 눈의 땅이 금빛으로 물들었다. 그러더니 돌연 세상이 아래로 멀어지고, 바람말들은 광활한 공중에서 허우적댔다. 까마득히 아래로 계곡과 호수, 반짝이는 빙하의 혓바닥, 푸른 숲 등이 작지만 또렷하게 보였다. 로캐넌의 말은 버둥거리며 날개를 들어올려 돌멩이처럼 떨어져 내렸다. 야한은 두려움에 비명을 질렀고 로캐넌은 눈을 감고 말을 꽉 붙잡았다.

날개가 퍼덕이고, 다시 요란한 소리를 내며 허공을 때렸다. 떨어지는 속도가 느려지다가 다시 힘겨운 활강으로 변하더니, 멈췄다. 바람말은 바위 계곡에 웅크리고 앉아 몸을 떨었다. 가까이에서 모지언의 회색 바람말이 몸을 뉘려 애쓰는 사이 모지언은 웃음을 터뜨리며 뛰어내렸다.

"끝났어요. 해낸 겁니다!"

그는 검고 생기 있는 얼굴을 승리감으로 빛내며 로캐넌과 야한 쪽으로 다가갔다.

"이제 산맥 양쪽이 내 영지예요, 로카난! 오늘 밤엔 여기서 잡시다. 내일이면 바람말들도 나무가 자란 곳까지 가서 사냥을 할 수 있을 것이고, 우리는 걸어서 내려가는 겁니다. 자, 야한."

야한은 안장에 웅크려 앉은 채 몸을 움직이지 못했다. 모지언은 야한을 안장 위로 들어올려 내렸고 튀어나온 돌 위에 누울 수 있게 도와주었다. 늦은 오후의 태양이 빛나고 있었지만 남서쪽 하늘에서 수정 조각처럼 빛나는 큰별만큼의 온기도 전해지지 않았다. 바람은 오히려 더 모질고 찼다. 로캐넌이 마구를 푸는 동안 안기야르 영주는 하인을 도와 가능한 한 몸을 따뜻하게 해주려 했다. 불을 피울 만한 가지가 없었다. 아직도 나무가 자라기엔 너무 높은 곳이었다. 로캐넌은 대경실색한 야한의 힘없는 항의를 무시하고 보호복을 벗어 그에게 입혀준 다음 자신은 모피를 둘렀다. 바람말과 사람들은 서로 온기를 찾아 한데 모였고, 조금 남은 물과 피아의 여행용 빵을 나누어 먹었다. 아래쪽 희미한 땅에서 밤이 올라왔다. 어둠과 함께 속박에서 풀린 별들이 뛰쳐나오고, 두 개의 좀 더 밝은 달이 손 닿을 듯이 가깝게 반짝였다.

로캐넌은 꿈도 꾸지 않고 자다가 한밤중에 깨어났다. 모든 것이 별빛을 받고 있었고 조용했으며 무시무시하게 추웠다. 야한이 로캐넌의 팔을 잡고 흔들며 열에 들뜬 듯 속삭이고 있었다. 야한이 가리키는 쪽을 쳐다보자 위쪽 바위에 서서 별빛을 막고 그림자를 드리운 뭔가가 보였다.

북쪽 멀리 초원에서 그와 야한이 보았던 그림자처럼 이 그림자 역시 크고 묘하게 희미했다. 보고 있는 사이에도 그 검은 형체 너머에서 희미하게 별들이 반짝이기 시작하더니, 다음 순간 그림자는 사라지고 검고 투명한 허공만 남았다. 그림자가 있던 자리 왼쪽에서는 이우는 주기에 있는 헬리키가 약한 빛으로 반짝였다.

그는 속삭였다.

"달빛의 장난이었네, 야한. 다시 자도록 해. 자네는 열병이 들었어."

"아니요."

옆에서 모지언의 침착한 목소리가 말했다.

"빛의 장난이 아니었습니다, 로카난. 그건 나의 죽음이었어요."

야한이 열에 들뜬 채 일어나 앉았다.

"아닙니다, 영주님! 영주님의 죽음이 아니에요. 그럴 수는 없습니다! 영주님이 함께 계시지 않던 평원에서도 저걸 봤어요. 올호르께서도 보았고요!"

로캐넌은 상식과 과학적인 절제와 예전의 생활 규율의 마지막 단편을 긁어모아 권위 있게 말하려고 노력했다.

"우스꽝스럽게 굴지 말아요."

모지언은 전혀 관심을 보이지 않았다.

"놈이 나를 찾고 있는 것을 평원에서 보았지요. 산맥을 넘기 위해 길을 찾는 중에도 두 번 보았습니다. 내가 아니라면 누구의 죽음이란 말입니까? 너의 것이겠느냐, 야한? 네가 두 번째 검을 찬 군주, 안기야르였던가?"

병들고 절망한 가운데서도 야한은 항변하려 했지만, 모지언은 말을 이었다.

"로카난의 것일 수도 없지. 그에게는 아직 가야 할 길이 있으니. 사람은 어디서나 죽을 수 있지만 군주가 자신만의 죽음, 진정한 죽음을 만나는 건 오로지 자신의 영지에서뿐이야. 전장이든 홀이든 길 끝이든, 진정한 죽음은 군주의 영지에서 기다리지. 그리고 이곳은 나의 땅이다. 이 산맥에서 나의 동족이 왔으며, 내가 이곳으로 돌아왔으니. 나의 두 번째 검은 싸우다가 부러졌지. 하지만 들으라, 나의 죽음이여. 나는 할라의 후계자 모지언이다. 이제 나를 알겠는가?"

바위 위로 약하고 차가운 바람이 불었다. 주위에는 흐릿하게 돌들이 보였고 그 위로는 별들이 반짝였다. 바람말 한 마리가 으르렁거리며 몸을 움직였다.

"그만. 이건 바보 같은 짓이오. 그만하고 자요." 로캐넌이 말했다.

그러나 그는 한참 동안 잠을 이룰 수 없었고, 눈을 뜰 때마다 바람말의 옆구리 곁에 앉아 차분한 각오를 드러내며 밤이 내린 대지를 지켜보는 모지언이 보였다.

해가 뜨자 그들은 아래쪽 숲 속에서 자유로이 사냥을 하게 바람말을 풀어주고, 걸어서 아래로 내려가기 시작했다. 그들은 아직도 나무 한 그루 자라지 못하는 높은 곳에 있었고, 날씨가 맑은 동안에만 안전했다. 하지만 한 시간도 지나지 않아 그들은 야한이 내려갈 수 없다는 것을 알았다. 내리막 자체는 그리 험하지 않았지만 지친 몸에 햇빛과 바람을 맞는 것만 해도 무리한 일이었고, 야한은 기어오르거나 매달리는 것은 말할 것도 없고 계속 걷지도 못했다. 야한은 로캐넌의 보호복을 입고 하루를 더 쉬면 움직일 힘을 얻을지도 몰랐지만, 그러자면 또 하룻밤을 불기도 피난처도 변변한 음식도 없이 지새워야 했다. 모지언은 그런 것들까지 고려하여 위험의 정도를 재보더니 로캐넌에게 야한과 둘이서 양지바른 바위 선반에 남아 있으면 그 사이에, 야한을 데리고 내려갈 만큼 쉬운 길이 있는지 혼자 찾아보겠노라 제안했다. 내려갈 길을 찾지 못하면 눈을 피할 만한 피난처라도 찾겠다고 말이다.

모지언이 떠난 뒤, 반쯤 혼수상태로 누워 있던 야한은 물을 달라고 했다. 물병은 비어 있었다. 로캐넌은 야한에게 가만히 누워 있으라고 말하고는 기울어진 바위 표면을 기어올라 바위 그늘에 쌓여 반짝이는 눈이 보였던 15미터쯤 위 바위 선반으로 올라갔다. 생각보다 올라가기가 힘들었고, 그는 투명하고 희박한 공기를 들이쉬며 펄떡이는 심장으로 선반에 드러누웠다.

귓가에 무슨 소리가 들렸다. 처음에는 자신의 피가 도는 소리인 줄 알았다가, 손 가까이에서 물이 흐르는 것을 보았다. 그는 일어나 앉았다. 가느나란 실개울이 수증기를 피워 올리며 그늘진 곳에 쌓여 단단해진 눈을 갈랐다. 그는 실개울의 원천을 찾아보았고 머리 위로 쑥 내민 벼랑 아래에 어두운 틈새를 찾아냈다. 동굴이었다. 이성은 동굴이야말로 가장 좋은 피난처가 아니겠느냐고 말했지만, 그것은 밀려드는 어두운 비이성의 공포에서 벗어났을 때나 가능한 이야기였다. 그는 일찍이 알았던 그 어떤 것보다 더 지독한 두려움에 사로잡힌 채 꼼짝 않고 앉아 있었다.

그의 주위로 무익한 햇빛만이 회색 돌을 비추었다. 산봉우리들은 더 가까운 암벽에 가려졌고, 남쪽 아래 대지는 한데 뭉친 구름에 가려졌다. 이곳, 세상의 헐벗은 회색 들보 위에는 그와 바위 사이로 입을 벌린 어둠밖에 없었다.

오랜 시간이 흐른 뒤 그는 일어서서 흐르는 시냇물을 따라 앞으로 걸음을 옮겼고, 그늘진 틈 안에서 그를 기다리고 있을 존재에게 말했다.

"왔습니다."

어둠이 약간 움직이더니 동굴 주인이 입구에 섰다.

동굴 주인은 진흙족처럼 작고 파리했다. 피아처럼 여리고 눈이 맑았다. 양쪽 모두와 닮았고, 양쪽 다 닮지 않았다. 머리카락은 희었다. 목소리는 목소리가 아니었다. 로캐넌의 귀에는 바람의 휘파람 소리밖에 들리지 않았고 그 목소리는 마음속에 울렸다. 그리고 거기에는 언어가 없었다. 그는 소리도 언어도 없이 무엇을 원하느냐고 물었다.

"모르겠습니다."

로캐넌은 공포에 질려 큰 소리로 대답했지만, 단호한 의지는 소리 없이 대답했다. 나는 남쪽으로 가서 내 적을 찾아내어 없애버릴 겁니다.

바람이 휘파람을 불었다. 따뜻한 개울물이 발치에서 킬킬거렸다. 동굴 주인은 천천히 그리고 가볍게 움직여 옆으로 비켜섰고, 로캐넌은 허리를 굽히고 어둠 속으로 들어갔다.

네게 준 것의 대가로 내게 무엇을 주겠느냐?

무엇을 드려야 합니까, 오래된 이여?

그대가 가장 소중히 여기며 가장 주고 싶지 않아 할 것.

이 세계에는 나의 것이 없습니다. 무엇을 드릴 수 있겠습니까?

하나의 존재, 하나의 생명, 하나의 기회. 목적, 기회, 귀환. 이름은 알 필요가 없겠지. 하지만 그것을 잃었을 때 너는 큰 소리로 그 이름을 부를 것이다. 그것을 기꺼이 주겠느냐?

기꺼이 드리지요, 오래된 이여.

정적과 바람 소리. 로캐넌은 머리를 숙이고 어둠 속에서 나왔다. 몸을 똑바로 펴자 붉은 빛이 눈을 찔렀다. 회색과 진홍색의 구름바다 위로 차가운 붉은 태양이 떠오르고 있었다.

야한과 모지언은 아래 선반에 꼭 붙어, 망토와 모피 무더기를 이룬 채 자고 있었다. 로캐넌이 내려가는데도 움직이지 않았다. 그는 부드럽게 말했다.

"일어나게."

야한이 짙은 붉은색 새벽빛에 어린아이 같은 얼굴을 찌푸리며 일어나 앉았다.

"올호르! 저희는……, 돌아가신 줄……, 떨어지신 줄만……."

모지언이 잠에서 깨어 금빛 머리를 흔들더니, 잠시 동안 로캐넌을 올려다보았다. 그러고 나서 그는 쉰 목소리로 부드럽게 말했다.

"돌아온 것을 환영합니다, 스타로드, 친구여. 당신을 기다렸어요."

"난……, 만났소. 이야기를 했지……."

모지언은 손을 들었다.

"당신은 돌아왔고, 난 당신이 돌아와서 기쁩니다. 남쪽으로 가는 겁니까?"

"그래요."

"좋아요."

모지언은 그렇게 말했다. 그 순간 로캐넌에게는 그토록 오랫동안 지도자로 여겼던 모지언이 이제는 로캐넌을 더 위대한 군주처럼 대하는 것도 이상하지가 않았다.

모지언은 호각을 불었지만, 한참을 기다리도록 바람말들은 돌아오지 않았다. 그들은 딱딱하지만 자양분 많은 피아 빵을 마저 먹어치우고, 다시 한 번 걸어서 내려가기 시작했다. 보호복을 입고 있었던 덕분에 야한은 회복되었고, 로캐넌은 야한이 계속 입고 있는 게 좋다고 우겼다. 야한이 힘을 되찾으려면 음식과 진짜 휴식이 필요했지만 지금도 움직일 수는 있었고, 그들은 움직여야 했다. 일출이 붉으면 궂은 날씨가 뒤따랐다. 위험하지는 않지만 더디고 지루한 길이었다. 오전 중간쯤 바람말 한 마리가 나타났다. 한참 아래 숲에서부터 날아오른 모지언의 회색 말이었다. 그들은 녀석에게 안장과 마구와 모피, 그들이 가진 짐 전부를 실었고 녀석은 기분이 좋은 듯, 때로는 아래 숲 속에서 아직도 사냥을 하며 배를 채우고 있을 줄무늬 짝을 부르는 것처럼 길게 우짖기도 하면서 그들의 위로 아래로 옆으로 날았다.

정오 무렵 그들은 험한 길에 들어섰다. 절벽이 방패처럼 앞을 가로막고 서서, 넘어가려면 밧줄을 타고 기어올라야 할 것 같았다. 로캐넌이 말했다.

"공중에서라면 우리가 따라갈 만한 조금 나은 길을 찾을 수 있을지도 몰라요, 모지언. 나머지 한 마리가 돌아왔으면 좋겠는데……."

로캐넌은 절박감을 느끼고 있었다. 이 헐벗은 회색 산비탈을 벗어나 나무들 사이에 몸을 숨기고 싶었다.

"그 녀석은 풀어줬을 때 지쳐 있었습니다. 아직 사냥감을 잡지 못했을지도 모르지요. 이 녀석이 더 가벼운 몸으로 고개를 넘었으니까요. 이 벼랑이 얼마나 넓은지 제가 알아보지요. 화살이 미치는 거리의 몇 배 정도라면 내 말이 우리 셋을 태우고도 넘어갈 수 있을 겁니다."

모지언은 호각을 불었고, 바람말은 공중을 한 바퀴 돌고 우아하게 그들이 기다리는 벼랑 옆으로 날아 내려왔다. 로캐넌은 아직까지도 그토록 크고 흉폭한 짐승이 그토록 충성스럽고 고분고분할 수 있다는 데 놀라움을 느꼈다. 모지언은 가볍게 뛰어올라 고함 한 번으로 날아올랐고,

그의 금빛 머리카락은 짙어가는 구름 더미 사이로 비친 마지막 햇살을 받아 반짝였다.

여전히 모질고 차가운 바람이 불었다. 야한은 웅크리고 앉아 눈을 감고 바위에 등을 기댔다. 로캐넌은 앉아서 멀리 찬란한 바닷빛이 바래는 것을 알아볼 수 있는 먼 곳을 내다보았다. 흐르는 구름들 사이로 보였다 안 보였다 하는 광대하고 흐릿한 풍경을 꼼꼼히 뜯어보지는 않았지만, 한 군데, 약간 동쪽으로 치우친 남쪽 어딘가만은 유심히 노려보았다. 그는 눈을 감았다. 그는 귀를 기울였고, 들었다.

그것은 동굴 속에 살던 이, 이름 없는 산맥 속 따뜻한 샘의 수호자에게서 받은 기묘한 선물이었다. 질문하기를 좋아하는 그의 기질에 완전히 거스르는 선물이었다. 어둠 속 깊고 따뜻한 샘 옆에서 그는 그의 종족과 지구인들이 다른 종족들에게서 목격하고 연구했던, 그러나 잠시 스쳐간 경우나 희귀한 예외를 제외하면 전혀 알지 못했던 감각을 배웠다. 인간성을 포기할 수 없던 로캐넌은 샘의 수호자가 제의한 완전한 능력을 받아들이지 않았다. 그는 오직 한 종족의 마음을 듣는 방법만을 배웠다. 모든 세계를 통틀어 존재하는 모든 목소리들 중에서도 오직 하나, 적의 목소리만을.

그는 쿄와 함께 있으면서 마음의 대화를 조금 배웠다. 그러나 자신의 마음을 알지 못하는 친구들의 마음을 읽고 싶지는 않았다. 서로에게 충실하고 서로를 사랑한다면 이해 역시 서로 함께하는 것이어야 했다.

그러나 그의 친구들을 죽이고 평화를 깨뜨린 자들에 대해 그는 염탐하고 엿들었다. 그는 길도 없는 산봉우리의 화강암 돌출부 위에 앉아 몇천 미터 아래, 몇 백 킬로미터 멀리 구릉 지대 사이 건물 속에 있는 사람들의 생각에 귀를 기울였다. 어렴풋한 재잘거림, 와글거리는 혼란, 멀리에서 넘실거리고 휘몰아치는 감각과 감정들. 그는 목소리 하나하나를 어떻게 구별해야 할지 몰랐고, 백여 가지 다른 장소와 위치 사이에서 어지러움을 느꼈다. 그는 어린아이가 귀를 기울이듯 무차별하게 들었다. 눈과 귀를 가지고 태어나더라도 보고 듣는 방법, 두 개의 눈동자 가득 맺힌 엉망진창의 세계에서 하나의 얼굴을 구별하는 방법, 뒤죽박죽의 소리들로부터 뜻을 집어내는 방법은 배워야만 한다. 샘의 수호자는 로캐넌이 다른 행성 어딘가에서 소문으로만 들어본 능력을 지니고 있었다. 텔레파시 감각을 열어주는 능력이었다. 수호자는 로캐넌에게 어떻게 그 힘을 제어하고 관리하는지 가르쳐주었지만, 실제로 쓰는 방법까지 가르쳐줄 시간은 없었다. 로캐넌의 머리는 낯선 생각과 느낌들의 파도, 머릿속에서 웅성대는 천여 명의 이방인들로 빙빙 돌았다. 언어는 전해지지 않았다. 마음을 듣는다는 것은 안기야르가, 외부인들이 일컫는 말이었다. 그가 "듣는" 것은 언어가 아니라 긴장, 욕망, 감정, 신경 체계를 엉클어놓고 이리저리 겹치는 수많은 사람의 실제 위치와 육체적이고 정신적인 감각의 방향, 무시무시한 공포와 질투의 회오리, 표류하는 만족감, 잠의 심연, 반쯤 이해하고 반쯤 지각한 거칠고 괴로운 혼란 상태 같은 것들이었다. 그리고 갑자기 그 혼돈으로부터 또렷하기 짝이 없는 무엇인가가 솟아올랐다. 벗은 살 위에 놓인 손보다도 더 확실한 접촉. 누군가가 이쪽으로 오고 있었다. 그의 마음을 감지한 사람이었다. 이런 확신과 더불어 속도감과 유폐감, 호기심과 두려움이 약하게 느껴졌다.

로캐넌은 눈을 뜨고, 조금 전에 감지한 사람의 얼굴이 있기라도 하다는 듯 뚫어져라 앞을 쳐다보았다. 가까이에 있다. 로캐넌은 그가 가까이 있으며 더 가까이 오고 있음을 확신했다. 하지만 보이는 것은 허공과 낮아지는 구름뿐이었다. 작고 물기 없는 눈송이 몇 개가 바람에 휘날렸다.

왼쪽에는 그들의 갈 길을 막은 거대한 바위벽이 있었다. 야한이 옆으로 다가와 겁에 질린 눈으로 그를 바라보고 있었다. 그러나 그는 야한을 안심시켜줄 수 없었다. 상대방은 그를 꽉 붙잡았고 그는 그 접촉을 깰 수 없었다.

"저기에……, 저기에……, 비행선이 있어."

그는 잠꼬대처럼 불명료하게 중얼거렸다.

"저기에!"

그가 가리킨 곳에는 아무것도 없었다. 허공과 구름뿐이었다.

"저기에."

로캐넌은 속삭였다.

로캐넌이 가리키는 곳을 다시 한 번 돌아본 야한은 비명을 질렀다. 회색 말에 오른 모지언이 바람을 타고 절벽을 넘어오고 있었고, 그 위를 달리는 구름 속에서 갑자기 커다란 검은 형체가 튀어나왔다. 그 형체는 공중을 맴도는 것 같기도 하고 그저 아주 느리게 움직이는 것 같기도 했다. 모지언은 그쪽을 돌아보지 않고 동료들, 바위와 구름 사이로 튀어나온 작은 선반에 서 있을 두 개의 작은 사람 그림자를 찾아 절벽만 보면서 내려오고 있었다.

검은 형체는 점점 커지며 프로펠러로 높은 하늘의 정적을 깨뜨리고 찢었다. 로캐넌은 눈에 보이는 것보다 선명하게 안에 있는 사람을 감지할 수 있었다. 마음과 마음의 접촉을 이해하지 못하고, 반항적인 두려움에 가득 찬……. 그는 야한에게 "숨어!"라고 속삭였지만 정작 자신은 움직일 수 없었다. 헬리콥터는 돌아가는 프로펠러로 구름을 잡아 찢으며 불안정한 소리를 냈다. 로캐넌은 헬리콥터가 다가오는 것을 보면서 동시에 그 안에서 밖을 보았다. 무엇을 찾는지도 모르면서, 산비탈에서 겁에 질려 있는 두 개의 작은 사람 그림자를 보고……, 섬광이 번뜩이고 뜨거운 통증이, 살갗을 찢는 견디기 힘든 아픔이 느껴졌다. 마음의 접촉은 깨어져 날아가 버렸다. 그는 스스로를 되찾아, 바위 선반에 서서 오른손으로 가슴을 누르고 숨을 헐떡이며, 헬리콥터가 레이저 코끝을 그에게 향한 채 크고 건조한 소리로 프로펠러를 돌리며 계속 다가오는 것을 보았다.

오른쪽 허공과 구름의 틈 사이에서 날개 달린 회색 짐승이 뛰어들었다. 짐승을 모는 남자는 승리에 찬 웃음소리 같은 높은 고함을 질렀다. 난폭한 회색 날개가 한 번 퍼덕이자 말과 기수는 전속력으로 공중을 맴도는 기계에 부딪혀 갔다. 어마어마한 비명의 끄트머리 같은 찢어지는 소리가 나더니, 텅 빈 허공만 남았다.

절벽에 몸을 웅크리고 있던 두 사람은 허공을 노려보았다. 아래에서는 아무 소리도 올라오지 않았다. 구름이 심연 위로 소용돌이치며 떠돌 뿐이었다.

"모지언!"

로캐넌은 그 이름을 큰 소리로 부르짖었다. 답은 없었다. 오로지 고통과 두려움, 그리고 침묵뿐이었다.

9

후둑후둑 빗물이 서까래가 드러난 지붕 위를 때렸다. 방 안 공기는 어둡고 맑았다.

그가 누운 긴 의자 옆에 한 여인이 서 있었다. 아는 얼굴이었다. 당당하고 부드러우며 왕관처럼 금빛 머리카락을 얹은 검은 얼굴.

그녀에게 모지언이 죽었다고 말하고 싶었지만 입을 열 수가 없었다. 그는 곧 할란의 할드레가 늙은 여인이며 머리카락이 희게 세었고, 그가 알았던 금빛 머리카락의 여인은 오래전에 죽었음을 기억해 내고 혼란에 빠졌다. 그 여인도 8광년 떨어진 곳에서, 그가 로캐넌이라는 이름의 사내였던 옛날에 단 한 번 보았을 뿐이었다.

그는 다시 한 번 말을 하려 해보았다. 그녀는 쉿 하고 입을 다물게 한 다음 약간 다르게 들리기는 하지만 공용어로 말했다.

"가만히 계세요, 영주시여."

그녀는 그의 곁에 머물렀고, 이윽고 부드러운 목소리로 말했다.

"여기는 브레그나 성입니다. 당신은 눈 속에서, 산맥 높은 곳에서 또 한 사람과 함께 왔어요. 서의 죽을 뻔했고 아직도 상처가 낫지 않았습니다. 시간이 걸릴 거예요……."

시간은 많았고, 그 시간은 빗소리와 함께 모호하고 평화롭게 흘렀다.

다음 날인가 다음 다음 날, 야한이 왔다. 야한은 무척 여위었고 다리를 약간 절었으며 얼굴에는 동상 자국이 있었다. 하지만 그보다 더 이해하기 힘든 변화는 순종적이고 복종적인 그의 태도였다. 잠시 이야기를 나눈 뒤 로캐넌은 불편한 마음으로 물었다.

"나를 두려워하고 있나, 야한?"

"그러지 않도록 노력하겠습니다."

젊은이는 말을 더듬었다.

성의 축연장으로 내려갈 수 있게 되었을 때에도 그에게로 향한 용감하고 상냥한 얼굴들에는 모두 똑같은 경외감 혹은 두려움이 떠올랐다. 금빛 머리카락, 검은 피부, 큰 키. 오래전 안기야르가 바닷가 북쪽을 헤매던 일개 부족이었을 때와 같은 종족이었다. 이들이 어느 종족의 기억보다 앞서 이곳 산맥 기슭 구릉 지대와 남쪽으로 굽이치는 평원 위에서 살아온 대지의 지배자, 리우아르였다.

처음에는 그들이 생김새의 차이 때문에, 그의 검은 머리카락과 흰 피부 때문에 겁을 내는 것이리라 생각했다. 그러나 야한 역시 검은 머리카락에 흰 피부였고, 그들은 야한을 두려워하지 않았다. 그들은 야한을 자신들과 똑같이 대했고, 할란의 농노였던 이 젊은이는 기쁘면서도 당혹스러웠다. 그러나 로캐넌은 영주들의 영주로, 가까이할 수 없는 이로 대했다.

그에게 그저 한 사람을 대하듯 말을 거는 사람이 한 명 있었다. 늙은 영주의 며느리이자 후계자인 레이디 간예는 몇 달 전 남편을 여의었고, 하루의 대부분을 금발의 어린 아들을 데리고 다녔다. 어린아이는 수줍음을 탔지만 로캐넌을 두려워하는 대신 그에게 관심을 가졌고 산맥과 북쪽 땅과 바다에 대해 질문을 퍼붓기를 좋아했다. 로캐넌은 질문을 받을 때마다 무엇이든 대답해 주었다. 아이 어머니는 햇빛처럼 평온하고 부드럽게 귀를 기울이곤 했고, 때로는 미소를 지으며 그가 기억하기에 처음 보았을 때 그대로의 얼굴로 그를 보았다.

그는 마침내 그녀에게 브레그나 성에서 자신을 어떻게 생각하고 있는지 물었고 그녀는 솔직하게 대답해 주었다.

"당신이 신이라고 생각하지요."

그것은 그가 오래전 톨렌 마을에서 관심을 기울였던 호칭, 페단이었다.

그는 무뚝뚝하게 말했다.

"나는 신이 아닙니다."

그녀는 조금 웃었다.

"왜 그렇게 생각하지요? 리우아르의 신들은 회색 머리카락에 한쪽 손이 불구랍니까?"

헬리콥터에서 쏜 레이저빔은 그의 오른쪽 손목을 맞췄고, 그는 오른손을 거의 쓸 수 없게 되었다.

간예는 예의 그 당당하고 솔직한 미소와 함께 말했다.

"그래도 안 될 건 없겠지요. 하지만 그 이유는 당신이 산에서 내려왔기 때문이에요."

그는 잠시 동안 이 말을 곱씹었다.

"레이디 간예, 당신들은…… 샘의 수호자에 대해 알고 있습니까?"

이 말에 그녀는 얼굴이 어두워졌다.

"우리는 그들에 관해선 이야기만 알아요. 오래전, 브레그나의 영주가 아홉 번 바뀌기 전에 '키 큰 이올트'는 높은 산 위로 올라갔다가 달라져서 내려왔지요. 우리는 당신이 그들 '가장 오래된 이들'을 만난 것을 압니다."

"어떻게 알았습니까?"

"열에 들떠 잠든 채로 계속 대가에 대해, 주어진 선물과 그 대가에 대해 말씀하시더군요. 이올트 역시 대가를 치렀습니다……. 그 대가가 오른손이었나요, 올호르님?"

그녀는 갑자기 수줍게 눈을 들며 물었다.

"아니요. 내가 잃은 것을 되찾을 수만 있다면 양손 다라도 줬을 겁니다."

그는 몸을 일으켜 탑의 창문으로 다가가서 산맥과 먼 바다 사이에 있는 광활한 땅을 내다보았다. 브레그나 성이 서 있는 높은 언덕 아래에서 구불구불 흐르던 물줄기는 낮은 언덕들 사이에서 넓어지며 반짝이다가 마을과 들판, 성의 탑들을 반쯤밖에 알아볼 수 없는 흐릿한 지역 안으로 사라졌고, 다시 푸른 폭풍우와 햇빛의 광채 사이로 번득이는 강 빛을 찾았다.

"이제까지 본 어떤 곳보다 아름다운 땅이에요."

그는 그렇게 말하면서도 여전히 이 땅을 보지 못한 모지언에 대해 생각하고 있었다.

"내게는 한때 그랬던 것만큼 아름답지 않습니다."

"왜 그렇습니까, 레이디 간예?"

"이방인들 때문이지요!"

"그들에 대해 말해 줘요."

"그들은 지난겨울 늦게 이곳에 왔어요. 많은 이들이 불을 뿜는 무기로 무장하고 거대한 바람배를 타고 왔지요. 아무도 그들이 어디에서 왔는지 몰라요. 그들에 대한 전설도 없고. 이젠 비아른 강과 바다 사이의 모든 땅이 그들의 것입니다. 그들은 여덟 영지의 모든 사람을 죽이거나 내쫓았어요. 여기 언덕 위에 사는 우리는 죄수나 다름없어요. 옛 목초지에 가축을 몰고 내려가지도 못하지요. 처음에는 우리도 이방인들과 싸웠습니다. 내 남편 간힝은 불을 뿜는 그들의 무기 때문에 죽었어요."

그녀의 눈길은 잠시 로캐넌의 불구가 된 오른손에 머물렀다. 그녀는 잠시 동안 말을 멈췄다.

"그는…… 그는 첫눈이 녹을 때 죽었고, 우리는 아직도 복수를 하지 못했어요. 우리는 머리를 숙이고 놈들의 땅을 피하지요. 대지의 지배자인 우리가 말입니다! 그리고 이 이방인들에게 간힝의 죽음 값을 치르게 해줄 사람은 없어요."

아아, 달콤한 분노여. 로캐넌은 그녀의 목소리에서 잃어버린 할란의 나팔 소리를 들으며 생각했다.

"놈들은 값을 치를 겁니다, 레이디 간예. 비싼 값을 치를 거예요. 당신은 내가 신이 아닌 것을 알지만, 완전한 보통 사람으로 받아들이지는 않았지요?"

그녀는 답했다.

"예. 완전히는 아니었지요."

일 년간 계속되는 여름의 긴 하루가 지나고 또 지나갔다. 브레그나 위로 솟아오른 산봉우리들의 흰 비탈이 푸르게 변하고, 브레그나 들판의 곡식이 익어 추수하고 다시 씨를 뿌리고 다시 한 번 추수한 어느 날 오후, 로캐넌은 어린 바람말 몇 마리가 훈련을 받고 있는 안뜰에서 야한 옆에 앉았다.

"나는 다시 남쪽으로 떠나네, 야한. 자네는 여기에 남아 있게."

"안 됩니다, 올호르! 저도……."

야한은 아마도 모험을 갈망한 나머지 모지언에게 거역했던 안개 짙은 바닷가를 기억해 낸 듯 말을 멈췄다. 로캐넌은 씩 웃으며 말했다.

"혼자라야 최선을 다할 수 있어. 이쪽이든 저쪽이든 오래 걸리진 않을 걸세."

"하지만 전 당신에게 서약한 하인입니다, 올호르. 저도 가게 해주세요."

"이름을 잃으면 서약도 깨어지네. 자네는 산맥 반대편에서 로카난에게 봉사할 것을 맹세했지. 이 땅엔 농노 같은 것은 없고, 로카난이라는 사내도 없어. 난 친구로서 자네에게 부탁하네, 야한. 더 이상 아무 말 말고, 이 성에 있는 사람 누구에게도 말하지 말고, 내일 새벽 나를 위해 할란의 바람말에 안장을 얹어주게나."

다음 날 아침 해가 뜨기 전, 야한은 충성스레 비행뜰에서 하나 남은 할란의 말, 회색 줄무늬 바람말의 고삐를 잡고 서서 그를 기다리고 있었다. 그 말은 반쯤 얼어붙고 굶주린 채 브레그나까지 그들을 쫓아왔었다. 녀석은 이제 원기를 되찾아 윤기 나는 몸으로 으르렁거리며 줄무늬 꼬리를 휘둘렀다.

"두 번째 피부는 입고 계세요, 올호르?"

야한은 로캐넌의 다리에 전투 끈을 조이며 조그맣게 물었다.

"이방인들은 누구든 자기들 땅 가까이 오는 사람은 쏘아버린답니다."

"입고 있네."

"하지만 검은 없으시잖아요……."

"그래. 검은 없네. 야한, 내가 돌아오지 못하거든 내 방에 남겨둔 주머니 속을 보게나. 그 속엔 표시가 있고……. 이 땅을 그려놓은 천 조각이 있을 거야. 내 동족 누군가가 이곳에 오거든 그걸 내주게. 알았나? 그리고 목걸이도 그 안에 있어."

그는 어두워진 얼굴로 잠시 먼 곳을 보았다.

"그 목걸이는 레이디 간예께 드리게. 내가 돌아와서 직접 드리지 못한다면 말이야. 잘 있게, 야한. 행운을 빌어주게."

"당신의 적이 자식 없이 죽기를."

야한은 눈물을 흘리며 격하게 말하고는 바람말을 놓아주었다. 녀석은 쏜살같이 따뜻하고 색깔 없는 여름 새벽 하늘로 뛰어올라, 거대한 날개를 퍼덕여 방향을 돌리더니 북풍을 타고 언덕 위로 날아갔다. 야한은 가만히 서서 바람말이 사라지는 것을 지켜보았다. 브레그나 탑 높은 창문에서도 부드럽고 검은 얼굴 하나가, 바람말이 사라지고 해가 뜬 후로도 한참 동안 그쪽을 보고 있었다.

로캐넌이 오른 것은 이상한 여정이었다. 한 번도 가본 적 없지만 수백의 마음들이 품은 다채로운 인상들과 더불어 안팎을 상세히 알고 있는 장소로의 여행. 마음에 시각은 없었지만 공간과 공간 관계, 시간, 움직임, 위치에 대한 촉각과 인지 능력은 있었다. 수백 일 동안 브레그나 성 안에 꼼짝 않고 앉아서 몇 시간씩 거듭거듭 그런 감각에 전념한 결과, 그는 시각화되지도 청각화되지도 않긴 했지만 적의 기지에 있는 모든 건물과 지역에 대한 정확한 지식을 획득했다. 그리고 직접적인 감각과 추측을 통해 그는 그 기지가 어떤 곳인지, 왜 거기에 있는지, 그곳에 어떻게 들어갈지, 어디에서 원하는 것을 찾을 수 있는지를 알아냈다.

하지만 오랫동안 열심히 연습한 뒤에 정작 적에게 접근하면서는 능력을 쓰지 않으려니 몹시 힘들었다. 그는 마음의 감각을 죽이고 오로지 눈과 귀와 지력만 이용해야 했다. 그는 산비탈에서 겪은 일로 민감한 사람이라면 가까운 거리에서는 직감이나 예감처럼 모호한 방식으로나마 그의 존재를 감지할 수 있다는 사실을 알았다. 헬리콥터 조종사는 아마 왜 그쪽으로 날아갔는지, 왜 찾아낸 사람들을 쏘아야 한다는 압박을 느꼈는지 결코 알지 못했겠지만, 낚싯줄에 걸린 고기처럼 조종사를 산 쪽으로 끌어당긴 것은 로캐넌이었다. 그는 이제 거대한 기지에 홀로, 그것도 밤도둑으로 들어가는 입장에서 결코 주의를 끌고 싶지 않았다.

그는 황혼 녘에 바람말을 산허리 공터에 매어두고 떠났고 몇 시간을 걸어 이제는 광활한 시멘트 평원, 즉 로켓 착륙장을 가로질러 한 무리의 건물 쪽으로 다가가고 있었다. 병력과 물자 모두 도착한 후라서 이곳에는 착륙장이 하나뿐이었고 가끔씩밖에 사용되지 않았다. 제일 가까운 행성이 8광년 밖에 있는 이상 광속 로켓으로 전쟁을 할 수는 없었다.

기지는 컸다. 육안으로 보기엔 무서울 정도로 컸다. 그러나 그 땅과 건물 대부분은 군인들의 막사였다. 반란군은 이제 거의 다 이곳에 있었다. 연맹이 그들의 고향 행성을 수색하고 진압하느라 시간을 허비하는 동안 그들은 은하에 흩어진 수많은 세계 중 하나인 이 이름 없는 세계에 있으면 발견되지 않을 가능성이 아주 높다는 데 판돈을 걸고 있었다. 로캐넌은 거대한 막사 중 일부는 다시 비워졌음을 알고 있었다. 병사들과 기술자 한 분대는 며칠 전, 그의 추측으로는 그들이 정복했거나 설득하여 동맹을 맺은 행성으로 파견되었다. 그 병사들은 거의 10년 가까운 세월이 흐른 뒤 그 행성에 도착할 것이었다. 패러데이 인들은 강한 확신을 안고 있었다. 그들은 분명 전쟁을 잘 이끌고 있었다. 모든 세계의 연맹을 위협하기 위해 필요한 것이라곤 잘 숨겨진 기지와 여섯 개의 강력한 무기뿐이었다.

그는 네 개의 달 중에서 중력에 사로잡힌 작은 소행성 헬리키만이 자정 전까지 떠 있는 밤을 골랐다. 헬리키는 그가 회색 시멘트 바다에 검은 암초처럼 늘어선 격납고에 다가가는 사이에 언덕 위로 떠올랐지만, 아무도 그를 보지 못했고 그 역시 근처에 아무도 감지하지 못했다. 울타리는 없고 경비병도 몇 명 없었다. 불침번은 몇 광년 너머 포말하우트 주위 우주를 살피는 기계들이었다. 결국, 그들이 무엇하러 이름도 없는 작은 행성의 청동기 원주민들을 두려워하겠는가?

헬리키는 로캐넌이 격납고 그늘을 떠날 때 가장 밝게 빛났다가, 그가 목표 지점에 도달했을 때는 반쯤 이지러진 상태였다. 목표는 여섯 대의 FTL기였다. FTL기는 흐릿하고 높은 덮개와 위장용 그물 밑에 차례차례 여섯 개의 커다란 흑단 알처럼 앉아 있었다. 장난감처럼 보이는 그 우주선들 주위로 나무들이 흩어져 있었다. 비아른 숲 가장자리였다.

이제 그는 안전하든 말든 마음듣기 기술을 써야 했다. 그는 나무 그늘 속에 경계를 늦추지 않고 조용히 서서, 눈과 귀도 함께 열어두려 애쓰며 알 모양의 우주선 앞으로, 그 속으로, 그 주위로 마음을 뻗었다. 브레그 나에서 알아낸 대로 각 우주선 안에는 낮이나 밤이나 비상사태에 우주 선을 내보낼 태세를 갖춘 조종사들이 한 명씩 앉아 있었다. 아마도 패러 데이를 향해서일 것이었다.

비상사태란 이 여섯 명의 조종사에게 오직 한 가지만을 의미했다. 기 지 동쪽 끝에서 4마일 떨어진 조종실이 파괴되거나 폭파될 경우였다. 그 럴 경우 그들은 각각 자기 우주선의 자체 조종 장치를 이용하여 안전하 게 옮겨야 했다. 이 FTL들은 다른 우주선과 마찬가지로 파손되기 쉬운 외부의 컴퓨터와 동력원에 의존하지 않고도 작동되기 때문이었다. 하지 만 그 우주선을 띄우는 것은 자살 행위였다. 빛보다 빠른 "여행"에서 살 아남을 수 있는 생명체는 없었다. 그러므로 각 조종사는 높은 수준의 다 항식 수학자로만이 아니라, 희생정신 강한 광신도로도 훈련받았다. 그 들은 선발된 최정예였다. 그들은 지루하게 앉아서 가망 없는 영광의 불 꽃을 기다렸다. 오늘 밤 로캐넌은 한 우주선에서 두 명의 존재를 감지했 다. 두 사람 모두 뭔가에 열중해 있었다. 그들 사이에는 네모나게 자른 평평한 면이 있었다. 로캐넌은 전에도 여러 날 밤 같은 인상을 받았고, 이성이 '체스판'이라고 새기는 사이 마음듣기의 초점을 다음 우주선으 로 옮겼다. 다음 우주선은 비어 있었다.

그는 잽싸게 흩어진 나무들 사이로 어둑한 회색 땅을 가로질러 다섯 번째 배로 다가갔고, 진입로를 기어올라 열린 문으로 들어갔다. 내부는 어떤 종류의 우주선과도 달랐다. 온통 로켓 격납고와 발사대, 컴퓨터 뱅

크, 원자로, 그리고 원폭 미사일을 굴려 넣을 만한 너비의 복도로 이루어진 구불구불하고 끔찍한 미로뿐이었다. 이 배는 시공을 통과하지 않았으므로 앞도 뒤도, 논리도 없었다. 그는 적혀 있는 언어를 읽을 수도 없었다. 안내인으로 쓸 만한 살아 있는 정신도 없었다. 그는 자리에 없는 조종사가 불편한 마음을 갖게 되지 않도록 마음듣기를 쓰지 않으려 애쓰며 구석구석, 공포를 억누르며 20분간 조종실을 찾아 헤맸다.

오직 단 한순간, 조종실과 앤서블을 찾아 그 앞에 앉았을 때에서야 겨우 그는 이 우주선 동쪽에 있는 배로 마음듣기를 띄워 보낼 수 있었다. 그는 반신반의하며 흰 비숍 위를 맴도는 손을 감지해 내고 즉시 감각을 물렸다. 앤서블의 발신지가 어디에 맞춰져 있는지 확인한 그는 좌표를 뉴 사우스조지아 행성, 케르겔렌, 은하 8지역 연맹 힐프 조사 기지로 맞추었다. 그가 안내서의 도움 없이도 외우고 있는 유일한 좌표였다. 그는 앤서블을 송신 상태에 놓고 내용을 찍기 시작했다.

왼손으로만 서툴게 그의 손가락이 키를 하나씩 누를 때마다 즉시 8광년 너머 도시에 있는 어느 방의 작고 검은 화면에 글자가 하나씩 나타났다.

연맹 최고 회의에 긴급 송신. 패러데이 반군의 FTL 전투선 기지는 포말하우트 II, 남서부 대륙, 북위 28° 28′, 서경 121° 40′, 약 3km 지점에 있다. 주요 강줄기에서 북동쪽이다. 기지는 소등 상태지만 4건축 구획 28막사 그룹과 동서로 달리는 로켓 발사장 격납고는 보일 것이다. 여섯 대의 FTL은 기지 안이 아니라 숲 가장자리에 있는 로켓 발사장 남서쪽에 있으며, 그물과 광흡수체로 위장해 놓았다. 원주민들은 연루되어 있지 않으니 무차별 공격은 하지 말라. 여기는 포말하우트 민족지 조사팀의 가브렐 로캐넌이다. 나는 조사단의 유일한 생존자다. 착륙해 있는 적 FTL의 앤서블로 보낸다. 이곳은 일출까지 다섯 시간 남짓 남았다.

그는 "이곳을 벗어나도록 몇 시간만 여유를 달라."고 덧붙이려다가 그만두었다. 그가 떠나다 붙잡히기라도 하면 패러데이 인들이 경각심을 갖고 FTL을 움직일지도 몰랐다. 그는 송신기를 끄고 앞서의 발신지로 좌표를 다시 고쳐놓았다. 그는 살금살금 거대한 통로를 따라 나가면서 옆 우주선을 다시 한 번 확인했다. 체스를 두던 두 사람이 일어서서 움직이고 있었다. 그는 급히 달리기 시작했다. 희미하게 불 밝혀진 의미 없는 방과 복도들 속에서 홀로. 그는 방향을 잘못 꺾은 게 아닌가 생각했지만 곧장 출입문으로 향했고, 진입로를 내려가 죽어라 달려서 끝없이 길게 느껴지는 우주선을 지나치고, 역시 끝없이 길게 느껴지는 다음 우주선 옆을 지나쳐 숲의 어둠 속으로 들어갔다.

일단 나무들 밑으로 들어간 그는 더 이상 뛰지 않았다. 숨이 턱에 닿을 것 같았고 검은 나뭇가지들은 달빛 한 줄기 통과시키지 않았다. 그는 가능한 한 빠른 걸음으로 기지 가장자리를 돌아서 로켓 발사장 끝까지 돌아갔고, 이울었다가 다시 밝아진 헬리키와 한 시간 뒤에 떠오른 페니의 도움으로 왔던 길로 산야를 가로질렀다. 그는 캄캄한 땅에서 조금도 앞으로 가지 못하는 것 같았고 시간은 다해 가고 있었다. 이렇게 가까이 있는 동안 그들이 기지를 폭격한다면 충격파나 불의 폭풍이 덮칠 것이고, 그래서 그는 언제 뒤에서 밀어닥쳐 그를 박살낼지 모르는 빛에 대한 두려움을 누르지 못한 채 어둠 속을 헤치고 나갔다. 그런데 왜 아직도 안 터진 건가, 왜 이렇게 늦장을 부리지?

그가 바람말을 남겨둔 쌍둥이 언덕에 도착했을 때는 아직 해 뜨기 전이었다. 근사한 사냥터에서 밤새 묶여 있어 짜증이 난 바람말은 그에게 으르렁거리며 불평을 했다. 그는 녀석의 따뜻한 어깨에 기대어 귀를 긁어주며 쿄를 생각했다.

그는 숨을 돌린 다음 말에 올라 걸음을 재촉했다. 녀석은 한참 동안 스핑크스처럼 몸을 웅크린 채 일어설 생각도 하지 않았다. 마침내 노래를 부르는 듯한 울음소리를 내며 마지못해 일어선 녀석은 북쪽으로 미치도록 느려터진 걸음을 옮겼다. 이제는 주위로 언덕과 들판, 버려진 마을과 회백색 잎을 단 나무들 모두가 희미하게 보였지만 바람말은 일출의 흰 빛이 동쪽 언덕에 넘치기 전까지는 날지 않았다. 바람말은 마침내 태양이 솟자 날아올랐고, 적당한 바람을 찾아 밝은 새벽 공기를 타고 날았다. 로캐넌은 이따금씩 뒤를 돌아보았다. 뒤에는 평화로운 땅과 서쪽 강바닥에 고인 안개뿐이었다. 그는 마음의 감각에 귀를 기울였고, 꿈에서 깨어나 평소처럼 움직이는 적들의 생각과 감정을 느꼈다.

할 수 있는 일은 다 했다. 무엇이든 할 수 있다고 생각한 그가 어리석었다. 전쟁을 일으키려는 무리에 대항하여 고작 한 사람이 무엇을 할 수 있단 말인가? 지친 그는 침울하게 패배감을 씹으며 그가 가야 할 유일한 장소인 브레그나로 말을 달렸다. 그는 더 이상 왜 연맹이 이렇게 공격을 지체하는지 생각하지 않았다. 그들은 오지 않을 것이다. 그의 전언이 함정이요, 속임수라고 생각했을 것이다. 아니면 그가 좌표를 잘못 기억했는지도 모른다. 시간도 공간도 없는 텅 빈 허공으로 전언을 보내버린 것인지도 모른다. 그리고 그것을 위해 라호가 죽고, 이오트가 죽고, 모지언이 죽었다. 아무 데로도 전해지지 못한 전언을 위해. 그리고 그는 남은 생애 동안 이곳에 유배되었다. 낯선 세계에 떨어진 아무 쓸모 없는 이방인.

중요한 문제는 아니었다. 그는 한 사람에 지나지 않았다. 한 사람의 운명은 그리 중요하지 않다.

"한 사람의 운명이 중요치 않다면, 무엇이 중요합니까?"

그는 기억 속에 남아 있는 그 말을 참을 수 없었다. 그는 모지언의 얼굴에 대한 기억에서 벗어나려고 다시 한 번 뒤를 돌아보았다. 그리고 큰 소리로 부르짖으며 망가진 팔을 들어올려 견딜 수 없는 빛을, 뒤쪽 평원에서 소리 없이 솟구쳐 오른 흰 불기둥을 가리켰다.

뒤따라온 지독한 소음과 돌풍에 바람말은 비명을 올리며 날뛰더니 다음 순간 공포에 질려 땅으로 떨어져 내렸다. 로캐넌은 안장에서 몸을 풀어 팔로 머리를 감싸고 땅에 웅크렸다. 하지만 빛이 아니라 어둠, 그의 마음을 눈멀게 한 어둠은 막을 수 없었다. 그는 한순간에 천 명의 죽음을 체험했다. 그 한 사람의 몸과 머리 속에서 한순간 한꺼번에 죽음, 죽음, 죽음, 그리고 또 죽음이 되풀이되었다. 그러고 나서는, 정적이었다.

그는 머리를 들고 귀를 기울였고, 들리는 것은 정적뿐이었다.

에필로그

해 질 녘 바람을 타고 브레그나의 뜰에 내려선 그는 바람말에서 내려 그 옆에 섰다. 회색 머리를 수그린 지쳐버린 남자. 사람들이, 금빛 머리카락의 성 사람들 모두가 급히 몰려들어 남쪽에서 일어난 거대한 불이 무엇이었는지, 평원에서 달려온 심부름꾼 말대로 이방인들이 파멸했다는 게 사실인지 물었다. 그들이 어떻게 그가 안다고 생각하고 그의 주위에 모여 있는지 이상하기만 했다. 그는 그들 사이에서 간예를 찾았다. 그녀의 얼굴을 보자 입을 열 수 있었고, 그는 더듬더듬 말했다.

"적의 본거지는 파괴되었어요. 다시는 여기 돌아오지 않을 겁니다. 당신의 영주 간힝의 원수를 갚았습니다. 그리고 나의 영주 모지언의 원수도. 그리고 야한, 자네의 형제들. 그리고 쿄의 동족들, 그리고 내 친구들의 원수도. 적은 모두 죽었습니다."

그들은 비켜섰고 그는 혼자 성 안으로 들어갔다.

며칠이 지난 어느 날 저녁, 번개와 함께 내린 소낙비가 그친 뒤 맑은 푸른빛 어스름 속에서 그는 간예와 함께 비에 젖은 탑의 테라스를 걸었다. 그녀는 이제 브레그나를 떠날 것인지 물었다. 그는 오랜 시간이 걸려 대답했다.

"모르겠군요. 야한은 아마 북쪽으로, 할란으로 돌아갈 겁니다. 이곳에는 바다를 건너가 보고 싶어하는 젊은이들이 있지요. 그리고 할란의 레이디는 아들의 소식을 기다리고 계십니다……. 하지만 할란은 나의 집이 아니에요. 내 집은 이곳에 있지 않습니다. 나는 당신들과 같은 사람이 아니에요."

그녀는 이제 그가 어떤 존재인지 어느 정도 알고 있었고, 이렇게 물었다.

"당신의 동족은 당신을 찾으러 오지 않나요?"

그는 아름다운 산야와, 여름의 땅거미 속에 반짝이며 남쪽으로 흘러가는 강줄기를 보았다.

"올지도 모르지요. 8년 후에 말입니다. 죽음은 한순간에 오지만, 삶은 그보다 훨씬 느리지요……. 내 동족이 누구지요? 나는 예전의 내가 아닙니다. 나는 변했어요. 나는 산맥 속 샘에서 물을 마셨습니다. 그리고 다시는 내 적들의 목소리를 들을 수 있는 곳으로 가고 싶지 않군요."

그들은 말없이 난간까지 일곱 걸음을 걸었다. 그리고 간예는 성채처럼 버티고 선 푸르스름한 산맥을 올려다보며 말했다.

"여기 우리와 함께 머물러요."

로캐넌은 잠시 침묵하다가 말했다.

"그러지요. 한동안은."

그러나 그 시간은 그의 남은 생애 전부였다. 연맹의 배가 이 행성으로 돌아오고, 야한이 조사팀을 안내하여 남쪽 브레그나로 찾아왔을 때, 그는 죽어 있었다. 브레그나 사람들은 자신들의 영주를 애도했고, 큰 키에 목에는 커다란 푸른 보석이 달린 금사슬을 건 금발의 미망인만이 그를 찾아온 이들을 맞이하였다. 그래서 그는 연맹이 이 세계에 그의 이름을 붙였다는 사실을 결코 알지 못했다.

〈로캐넌의 세계 · 끝〉

옮긴이 | 이수현

1977년 서울에서 태어나 소설가 겸 번역가로 활동 중이다. 『패러노말 마스터』로 제 4회 한국판타지문학상 우수상을 수상했다. 옮긴 책으로는 『빼앗긴 자들』, 『크립토노미콘』, 『멋진 징조들』, 『디스크월드』, 『마라코트 심해』, 『21세기 SF도서관』, 『브라운 신부의 스캔들』, 『무덤의 증언』 등이 있다.

환상문학전집 ● 5

로캐넌의 세계

1판 1쇄 펴냄 2005년 6월 27일
1판 3쇄 펴냄 2018년 1월 31일

지은이 | 어슐러 K 르 귄
옮긴이 | 이수현
발행인 | 박근섭
편집인 | 김준혁
펴낸곳 | 황금가지

출판등록 | 2009. 10. 8 (제2009-000273호)
주소 | 06027 서울 강남구 도산대로 1길 62 강남출판문화센터 5층
전화 | 영업부 515-2000 **편집부** 3446-8774 **팩시밀리** 515-2007
홈페이지 | www.goldenbough.co.kr

도서 파본 등의 이유로 반송이 필요할 경우에는 구매처에서 교환하시고
출판사 교환이 필요할 경우에는 아래 주소로 반송 사유를 적어 도서와 함께 보내주세요.
06027 서울 강남구 도산대로 1길 62 강남출판문화센터 6층 민음인 마케팅부

한국어판 ⓒ ㈜민음인, 2005. Printed in Seoul, Korea

ISBN 978-89-8273-901-9   04840
       978-89-8273-900-2   04840(세트)

㈜민음인은 민음사 출판 그룹의 자회사입니다.
황금가지는 ㈜민음인의 픽션 전문 출간 브랜드입니다.